La memoria

977

DELLO STESSO AUTORE

La briscola in cinque
Il gioco delle tre carte
Il re dei giochi
Odore di chiuso
La carta più alta
Milioni di milioni
Argento vivo

Marco Malvaldi

Il telefono senza fili

Sellerio editore
Palermo

2014 © *Sellerio editore via Siracusa 50 Palermo*
e-mail: info@sellerio.it
www.sellerio.it

2014 ottobre quarta edizione

Questo volume è stato stampato su carta Palatina prodotta dalle Cartiere di Fabriano con materie prime provenienti da gestione forestale sostenibile.

Malvaldi, Marco <1974>

Il telefono senza fili / Marco Malvaldi. - Palermo: Sellerio, 2014.
(La memoria ; 977)
EAN 978-88-389-3228-1
853.914 CDD-22

CIP - *Biblioteca centrale della Regione siciliana «Alberto Bombace»*

Il telefono senza fili

A Carlo, poeta di Champs-le-Bisence,
prematuramente promosso agli Champs-Elysées

The Brain – is wider than the Sky –
For – put them side by side –
The one the other will contain
With ease – and You – beside.

Il cervello – è più grande del cielo –
Perché – quando uno li confronta –
Il primo conterrà tutto il secondo
Senza alcuno sforzo – e Te – in aggiunta.

EMILY DICKINSON

Prologo

Sembrava un tranquillo giorno di mezza estate come tutti gli altri, a Pineta.

Il sole era sorto da est, dietro le colline, come al solito, e tutto faceva pensare che sarebbe tramontato a ovest, cambiando progressivamente colore dal giallo al rosso, per poi immergersi nel mare, come tutte le sere.

Il mare, a sua volta, risultava bagnato al tatto, salato al gusto e ripugnante all'olfatto, a causa delle esalazioni di petrolio e idrocarburi varî che il porto di Livorno recapitava sulle spiagge con diligenza nei giorni di scirocco, cioè tutti da un mese a questa parte.

Le foglie erano verdi, le strisce pedonali erano bianche e le schiene dei villeggianti erano sul rosso, come del resto il bilancio del Comune, nonostante le righe dei parcheggi ormai esclusivamente azzurre.

I bambini giocavano, le mamme allattavano, i vigili multavano e i giornalisti esageravano; il tutto mentre gli impiegati pubblici, consci dell'importanza di avere un comportamento stabile e prevedibile al fine di far stare tranquilli i cittadini, non facevano una sega, come al solito.

Insomma, sembrava un giorno di mezza estate esattamente come tutti gli altri, a Pineta.

E lo era.

– «Situazione equilibratissima, dunque, fino al trentaseiesimo della ripresa, quando il numero diciotto juventino, entrato in area per raccogliere l'invito filtrante di Tévez, crollava a terra. Simulazione palese per tutti, sia in campo sia dagli spalti, ma non per il direttore di gara, che decretava il penalty».

Abbassando la «Gazzetta», il Rimediotti scosse la testa.

– Ò, anche in Coppa Italia trovate modo di ruba' – commentò, guardando Pilade con disapprovazione.

Pilade, unico juventino in una compagine che prevedeva un Rimediotti interista, un Aldo e un Massimo tifosi del Torino e un Ampelio secondo cui i calciatori erano corpi rubati alla tortura, si puntò l'indice addosso, gesto che nel suo caso era difficile da sbagliare.

– Cosa c'entro io? 'Un c'ero mìa io a arbitra'.

– Povero Pilade, ha ragione – lo difese Aldo, spazzando via ogni dubbio con la mano. – Non c'era mica lui ad arbitrare.

– De', menomale – ridacchiò Ampelio. – Te l'immagini i gioàtori? «Guarda ganzo, arbitrano dalla mongorfiera».

– Arbitraggio dall'alto? – Aldo mostrò interesse. – Potrebbe essere anche una novità interessante. Si telefona a Blatter? Magari, per i prossimi mondiali...

– Una novità interessante sarebbe ma se smetteste di

di' cazzate – replicò Pilade piccato. – Io ierisera la partita 'un l'ho nemmeno vista.

– Non ti garba più il calcio? Stai invecchiando.

– Perché, prima era giovane?

– Ma andate in culo tutti quanti siete – interruppe Pilade. – È che 'un se ne pòle più. Ir campionato da sabato a lunedì, martedì e mercoledì c'è la Cèmpions, giovedì la Coppa Uefa...

– Ora si chiama Europa Lìg.

– Mi fa piacere. Io continuo a chiamalla Coppa Uefa. Poi 'r venerdì 'un sono ancora riusciti a metecci nulla, ma tanto da sabato si riprincipia daccapo... Dio bòno, segui' 'r carcio è diventato peggio d'un lavoro!

– E te cosa ne sai?

Pilade stava per replicare, dal largo della propria saggezza, quando la porta a vetri si aprì, facendo entrare un uomo alto, ben vestito, con una ventiquattrore sotto braccio e l'aria efficiente e proattiva tipica di chi opera nel terziario avanzato.

– Buongiorno.

– Per lei, forse – rispose una voce da sotto al bancone.

– Come?

– Per lei, forse – ripeté Massimo, emergendo dall'oltrebanco con una bottiglietta di chinotto in mano, con la quale indicò i quattro vecchietti seduti in fondo al locale. – Per me è sempre la solita rottura di coglioni. Cosa le servo?

– Un caffè, grazie. E poi, quando è comodo, cinque minuti del suo tempo.

– Per il caffè, non c'è problema – rispose Massimo, mentre versava il chinotto in un bicchiere. – Per il resto temo di non poterla accontentare.

Il tipo si guardò intorno, mentre il bar gli sbadigliava in faccia, completamente vuoto a parte i quattro parlamentari del Movimento Terza Età.

– Se mi dice un'ora...

– Non è questione di ore, è questione di contenuti –. Massimo indicò la valigetta del tizio, su cui risaltava il logo di una nota casa di giochi d'azzardo. – Dati i signori per cui lei lavora, presumo che il suo scopo sia di vendermi un marchingegno per il videopoker o affini. Mi sembra quindi corretto avvisarla che non ho intenzione di mettermi dentro il bar un oggetto del genere, e che accettando di parlare con lei non farei altro che far perdere tempo a tutti e due.

E, in modo cortese ma assertivo, Massimo posò la tazzina di fronte al proprio interlocutore.

– Certo, la capisco – disse il tipo, il quale evidentemente era preparato a una reazione del genere. – E posso chiederle, in via del tutto informativa, s'intende, per quale motivo...

– Certo che può. E io le risponderei che in primo luogo, vista la clientela che bazzica da queste parti, più che di videopoker si dovrebbe parlare di videobriscola. Oltre a questo le potrei dare altri quarantadue validissimi motivi, se fossi realmente interessato a fare sì che lei mi capisca. Dato che non lo sono, la prego di credermi quando le dico che non sono disposto né ad acquistare né tantomeno ad ascoltare, e la invito pertanto a degustare con tutta calma il suo caffè, che come potrà notare è eccellente, e quindi a levarsi dai coglioni prima di subito, altrimenti sguinzaglio i varani.

– Mamma mia quanto sei stato scortese.

– Questione di necessità – replicò Massimo ad Aldo poggiando sul bancone il bicchiere del chinotto, in seguito a una sorsata soddisfatta, appena dieci secondi dopo che il rappresentante aveva imboccato la porta a vetri, non senza prima aver posato accanto alla cassa un euro con l'aria sdegnosa e orgogliosa che tipicamente viene esibita dallo sconfitto.

– Ma nemmeno per idea – si ostinò Aldo. – Anche a me a volte mi arrivano fra le scatole dei rappresentanti particolarmente molesti, o che non hanno prodotti che mi interessano, ma non li tratto mica a merda in questo modo.

– Capisco. E, dimmi la verità, questi rappresentanti riescono a venderti qualcosa, oppure riesci a mantenerti fermo sulle tue posizioni?

– Guarda, a dire la verità...

– A dire la verità riescono sempre a rifilarti qualcosa –. Massimo sottolineò il concetto tirando un filo immaginario stretto tra indice e pollice. – E lo sai perché? Perché già accettare di parlare con loro significa stabilire una interazione, instaurare uno scambio di informazioni. Iniziando a spiegarti, l'informazione che dai su di te è la seguente: «Ecco una persona educata e ragionevole, che è disposta a spiegare e quindi anche ad ascoltarti. Se mi ci impegno, lo intorto». E così ti ritrovi la cantina piena di aceto balsamico al lampone. Io, invece, li tratto male in modo insensato. L'informazione che fornisco nei miei riguardi è: «Questo è uno psicolabile e probabilmente anche uno stronzo, e comunque sicuramente non una persona ragionevole, quindi uno che non ascolta. Non vale nemmeno la pena di tentare di ragionarci».

– Ho capito – disse Aldo, dopo aver tentennato la testa per qualche secondo. – Quindi, presumo che al momento di fare gli ordini mi toccherà sempre e continuamente consultarti, anche nel caso in cui tu fossi al cesso.

– Sarebbe senza dubbio preferibile – approvò Massimo, in tono tranciante.

Aldo, a quella risposta, si voltò verso i rimanenti tre quarti di ignobiltà.

– Carattere chiuso...

– L'hai voluta la bicirètta? Ora ti tocca pedala' – rispose Pilade, facendo intendere che pietà l'era morta.

– Davvero – rincarò Ampelio, ridacchiando. – E t'è toccata anche senza sellino. O stai ritto sui pedali, o sennò l'hai in culo.

Per capire meglio cosa sta succedendo, forse è opportuno tornare un attimo indietro. A tre mesi prima, più o meno.

Erano infatti passati circa tre mesi da quando Aldo, in modo insolitamente circospetto, era entrato al Bar-Lume in un orario insolitamente inedito, ovvero le due e tre quarti di pomeriggio, in un intervallo consacrato sia dai restanti vecchietti sia dal BarLume stesso al riposino pomeridiano.

– Salve a tutti, specialmente ai brutti – aveva salutato, entrando.

– Veramente ci sono solo io – aveva risposto Massimo.

– Appunto – confermò Aldo. – Bene, bene, bene, Massimo caro. Come va?

Massimo rimase per qualche secondo in silenzio, prima di parlare.

– Chissà perché, ho l'impressione che tu abbia una gran voglia che questa domanda te la facessi io.

Aldo, dopo aver valutato con attenzione le parole di Massimo, incominciò a fare lentamente su e giù con la testa.

– Eh sì –. Pausa, con sguardo perso dalle parti del ventilatore a soffitto. – Ho proprio paura di sì.

– Strano davvero. Avevo sentito dire che la crisi era tutta un'invenzione –. Massimo, professionale come sempre, mentre parlava riponeva i bicchieri nel cestello con precisione, ritmando le pause con il clangore tipico del vetro che sbatte nel metallo. – Avevo sentito dire anche che i ristoranti erano pieni. Lo diceva il capo dei tuoi, non la propaganda comunista.

– Ma fammi il piacere – rispose Aldo, mestamente, sempre seguendo con lo sguardo il vorticare delle pale. – Saranno anche pieni, però la gente ordina pane e coperto. Sai quante volte abbiamo fatto pranzo con il pescato del giorno prima, io e Tavolone?

Massimo, con serietà, annuì.

Da quando aveva aperto, il resort di Villa del Chiostro si era rivelato un posto particolarmente sfortunato. Un po' per la crisi, che oggettivamente c'era. Un po' per vari avvenimenti succedutisi al suo interno, come il russo che aveva visto bene di farsi ammazzare dalla moglie proprio mentre erano ospiti della struttura, e sinceramente non è bello stare davanti alla piscina sdraiati sopra un telo mentre intanto ti passano accanto due barellieri con un tizio sdraiato sotto un telo. Non te la godi. Ma, principalmente, c'era il fatto che Villa del Chiostro era il luogo giusto nel posto sbagliato.

In tempi di crisi, la forbice tra ricchi e poveri si allarga: e posti ultralusso del genere, con la loro naturale vocazione alla cura e al relax del riccastro, ha senso farli a Forte dei Marmi, non a Pineta. La pizza a taglio, di solito, non si abbina molto bene allo champagne.

– E quindi?

– E quindi, avevo pensato di chiudere e riaprire. Chiudere il Boccaccio sotto Villa del Chiostro, e riaprire una cosa completamente diversa.

– Davvero?

– Davvero. Una cosa piccolina, graziosa, aperta solo a cena, un po' alla francese. Piatti fissi, curati ma senza fronzoli, serviti velocemente. Un po' di cantina, ma cose giuste. E personale ridotto all'osso.

– Però –. Massimo annuì, con energia. – Mi piace. Hai già trovato un posto?

– Eh sì. Sì, l'avrei trovato. È proprio qui, vicino a te. Il vecchio fondo del Pasquinucci.

– Bene. Anzi, meglio. Tutto da solo?

Aldo, finalmente, levò lo sguardo dalle pale del ventilatore e lo portò verso Massimo.

– No, no, figurati. Alla mia età, non si fanno le cose tutte da soli. No, avevo pensato a farlo con un socio.

– Sì, è la cosa migliore – disse Massimo, sinceramente. Tanto bravo in sala, Aldo, quanto svagato e casinista di fronte a un qualsiasi problema gestionale. Chiunque fosse colui al quale Aldo stava pensando, avrebbe dovuto armarsi di pazienza. – Hai già in mente qualcuno?

– Come no.

Povero lui.

– Fidato, sicuro, intelligente. E poi ha un bar da una decina d'anni, lo sa come si gestisce un esercizio. Per tante cose, pensavo di affidarmi a lui.

Ribadisco: povero lui.

– È un po' rompicoglioni, ma d'altronde è quello che serve – continuò Aldo, guardando Massimo negli occhi. – D'altra parte, è estremamente intelligente. Magari non ci crederai, ma è laureato. Laureato in matematica. Strano per un barista, vero?

Riformulo: povero me.

E così, era partita l'avventura del Bocacito: tutto in compartecipazione fra Aldo e Massimo. Tutto, compreso il personale. In primis, Tavolone, che di sera spadroneggiava in cucina da Aldo e di giorno creava per Massimo dei panini da urlo. E così, il menù del BarLume aveva arricchito il proprio equipaggio di panini con dei notevoli esempi della fantasia di Tavolone, come il Chourmo (baccalà mantecato con piccoli crostini di pane e polvere di pomodori essiccati) e il Raìs (carpaccio di tonno di Capraia marinato al lime, sesamo tostato, semi di melagrana), a cui si affiancavano altri esempi della fantasia di Massimo, ahimè non sempre disponibili, come il Vintage (pâté di olive e prosciutto di dodo, alcuni ingredienti potrebbero essere surgelati all'origine), il Sognante (panino vuoto, musica a scelta del cliente) e il Tuttomaiale (schiacciata coi ciccioli, prosciutto crudo e cameriera in topless). Il tutto, se si voleva, ordinabile direttamente dalla spiaggia, grazie alla nuovissima applicazione *Telephanino* (funzionante su iPhone e Android) che Massimo aveva sviluppato con l'aiuto di un suo ex compagno di studi, e recapitato in tempo reale presso il vostro ombrellone personalmente da Tiziana (in costume da bagno).

Già, Tiziana. Ovvero il secondo capo di personale che Massimo aveva acquisito nella transazione. E, se proprio Massimo doveva essere onesto con se stesso, l'unico motivo reale per cui non aveva detto ad Aldo di andare a cercare un altro barista matematico sul litorale, e si era messo in affari con quello che, come gli si palesava giorno dopo giorno, era l'uomo più distratto dell'universo mondo.

Inizio

La biglia gialla, rotolando con pigra sicurezza, rallentò, fino a fermarsi del tutto. Esattamente a venti centimetri dalla palla bianca, con la rossa in mezzo, e vicino alla sponda. Ovvero, una situazione di merda.

– To', godi – disse Pilade, abbassando la stecca.

Con passi misurati, Aldo si avvicinò al biliardo, mentre prendeva la stecca che riposava appoggiata alla parete.

– O cosa ti devo dire, godrò... – rispose dopo un paio di secondi, ingessando la punta della stecca.

– Ti ci voglio vede' – rimbeccò Pilade, tronfio. – Con queste palle ecquì, come ti mòvi fai danno.

– Per carità di Dio, ce n'hai già fatti troppi anche te – commentò Aldo, non si sa se riferendosi alle epiche bevute da quindici già accadute nel corso della gara o al figlio primogenito di Pilade, Pericle Del Tacca, che aveva ereditato dal genitore mole, simpatia e posto in Comune, ahimè tralasciando la lucida e innegabile intelligenza paterna.

Dopo aver studiato la situazione, Aldo decise per un colpo di fino e, con ardimentosa vertebra, si piegò in avanti poggiando tutto il peso sulla gamba sinistra.

– Stai a vede' che córpo viene fòri ora, eh – annunciò il Rimediotti, mentre l'avversario brandeggiava la stecca avanti e indietro.

– Se si piega dell'artro, viene fòri un ber córpo della strega – avvisò Ampelio, premuroso. – Io lo vedo, ma lui lo sente.

– Hm –. Aldo si fermò un attimo, rendendosi conto che la propria posizione era alquanto precaria. – Sarà meglio che prenda lo steccone?

– Sarà meglio che tiri qualcun altro – rispose Massimo, affacciandosi alla sala biliardo con serietà. – Primo, perché da quella posizione lì sei in grado di bere un numero a tre cifre. Secondo, perché è arrivato il rappresentante e avrei un attimo bisogno di te.

Aldo, imperturbabile, fece scorrere la stecca un altro paio di volte, e poi lasciò andare il tiro. La palla gialla, dopo aver girato dietro alla rossa, cozzò nella bianca un paio di volte, per poi accompagnarla cortesemente verso il castello, abbattendone quindi tutti i birilli in efficace sinergia. Punti, gioco, partita. Mentre Aldo rimaneva immobile, non si sa se per rimirare meglio il danno appena fatto o per cautela nei confronti della propria quarta lombare, gli altri tre si alzarono dalle poltroncine per tornare nel locale principale.

– Quando le palle fanno tatà, posa la stecca e vai a paga'... – commentò il Rimediotti, con soddisfazione.

– Non ti ci faccio la rima perché sono un signore – rispose Aldo, rialzandosi finalmente dal tavolo. – Ma non s'era detto che dei rappresentanti te ne occupavi te?

– No – rispose Massimo, come d'abitudine, mentre si incamminava verso la sala. – Io della parte solida, e te della parte liquida. Sennò facciamo come l'altra volta, che io ho ordinato dieci casse di prosecco, te hai ordinato dieci casse di prosecco e in magazzino avevamo il necessario per un matrimonio veneto, altro che aperitivo sulla costa toscana. A ciascuno, il suo.

– Concordo. A ciascuno il suo. Quindi, l'estetica e l'arredamento del mio locale spettano a me, giusto?

– Giustissimo.

– Allora, mi sai dire chi è che mette quegli spiritosissimi cartellini accanto ai pezzi in esposizione?

L'esposizione di opere di pittori locali all'interno del ristorante, le quali potevano essere eventualmente richieste ed acquistate da parte dei clienti, era stata un'idea di Aldo a cui Massimo aveva aderito entusiasticamente, salvo poi scoprire che la maggior parte dei capolavori esposti erano roba che faceva passare l'appetito. Per questo, aveva manifestato il proprio dissenso in forma anonima, coprendo i cartellini descrittivi situati alla destra dei quadri e sostituendoli con altri più obiettivi, come «Teresa Diotanneghi, *Barbarie in Fa bemolle*, tecnica mista (acrilico e caccole), 2005», oppure «Ray Charles, *Sprazzi di mondo*, olio su tela ma anche da parecchie altre parti, 1996».

– Non saprei – mentì Massimo. – Una vile mano anonima, suppongo.

– Anonima, ma parecchio allenata – commentò Ampelio, mentre entravano nel salone. – Del resto si sa, la solitudine...

– Sarà meglio che qui di cartelli abusivi non si parli, vero – troncò Massimo, andando dietro il bancone, di fronte al quale il notaio Aloisi stava aspettando che Tiziana gli mettesse davanti il cappuccino. – Non mi sembra di essere l'unico col vizio. Buongiorno, signor notaio. Lei che è un uomo di legge, che pena si rischia a modificare o a manomettere la segnaletica stradale?

I vecchietti avvamparono.

Anche se ufficialmente le autorità lo ignoravano, l'idea di modificare abusivamente il prezzo delle due file del parcheggio a pagamento esattamente di fianco al BarLume portandolo a quindici euro l'ora era stata identificata prontamente dalla popolazione come possibile opera dei nostri. Tanto più che i diretti beneficiari dell'operazione, in fondo, erano stati proprio loro. A partire dal Del Tacca, ovvero il primo a notare che la doppia fila di strisce blu aveva esattamente le dimensioni di un campo da bocce regolamentare; ma anche gli altri tre, che sul luogo medesimo, completamente sgombro di automobili, avevano successivamente organizzato e disputato lunghe ed estenuanti disfide all'ultimo boccino, ne avevano avuto il loro guadagno.

– Non mi occupo di cartellonistica stradale – disse il notaio, senza accennare ad alzare lo sguardo dal «Corriere».

Massimo, come sempre, rimase ancorato con lo sguardo al nasone del notaio Aloisi, chiedendosi forse per la millesima volta quale fosse la ricetta per l'esistenza di quell'uomo dall'apparenza così comune, in cui l'unico elemento sproporzionato era un naso grosso e patatoso, un naso da persona seria. Cosa che, senz'ombra di dubbio, il notaio era.

Ma, più che seria, era palese a chiunque ci avesse a che fare per cinque minuti che il notaio era una persona serena.

Merito del lavoro, forse. Perché se il lavoro del notaio è certificare che X sia davvero chi dice di essere, che Y possieda realmente ciò che sta cercando di vendere a X e assicurare vicendevolmente le parti, come richiede la legge, che nessuno dei due stia tentando di metterlo nel culo all'altro, e che per tale certificazione si richiede il pagamento di una somma a tre zeri, è chiaro che non rimarrai mai né senza lavoro, né senza stipendio.

O merito della famiglia, probabilmente. A partire dalla moglie, signora Maria Dolores, una spumeggiante sessantenne dall'apparenza di pavone e dal cervello non proprio di gallina che era stata, a detta dei vecchietti unanimi, una delle donne più belle del litorale, e che formava con il notaio una delle coppie apparentemente più improbabili d'Europa. Massimo, e non solo lui, aveva sempre fatto fatica a immaginarseli l'uno con l'altra, per non dire l'uno sopra l'altra: pure, la cosa almeno un paio di volte doveva essere successa, visto che la coppia aveva due figli, che a occhio (ma soprattutto a naso) erano vistosamente figli del notaio medesimo.

Figli i quali, ovviamente, dopo essere stati Bambini Meravigliosi erano diventati Studenti Modello, per poi entrare a pieno titolo nel novero dei Gran Lavoratori, cosa che aveva successivamente permesso loro di accedere al grado di Padri di Famiglia, senza mai nemmeno sfiorare il destino da Solito Stronzo che, ordinariamente, attende o perlomeno minaccia l'esistenza del novantanove per cento del genere umano.

Insomma, per dirla in parole povere, se c'era un uomo in tutta Pineta di cui Massimo talvolta invidiava l'esistenza, era quell'omino col nasone che aveva davanti. Nasone che, invariabilmente, si trovava orientato verso il giornale, senza permettersi digressioni né verso le puppe di Tiziana né verso qualsiasi altro tipo di affare altrui.

– Ha ragione il signor notaio – approvò Ampelio, vedendosi salvo. – Una perzona come lui 'un s'occupa mìa di veste bagattelle vì. Lei s'intende principalmente di quistioni immobiliari, no?

Tra l'altro, riconobbe col capo il notaio, sempre con lo sguardo poggiato sul giornale.

– Allora saprà anche der casino che ha combinato ir Benedetti colla moglie.

– So quello che sanno tutti – riconobbe il notaio, dopo un sorso di cappuccio.

– Ma è vero allora che erano divorziati?

– Così ho sentito dire – disse il notaio, senza compromettersi.

– Scusate, ma di chi si parla? – chiese Tiziana, mentre puliva il portafiltro della macchina espresso.

– Dei Benedetti, quelli che cianno l'agriturismo vicino ar Danubio, l'hai presente?

– No, io veramente no.

– Son due che son piovuti dall'Umbria un tre o quat-tr'anni fa. S'erano comprati quella casona grossa dopo la fattoria der Ciglieri.

– Ma quale, quella accanto al fosso?

– Propio – confermò il Rimediotti. – Propio quella lì accosto ar Danubio.

Tiziana fece una faccia incredula.

– E hanno messo un agriturismo lì?

Il Del Tacca allargò le braccia, senza enfasi, visto che il resto era già abbastanza largo di suo.

In effetti, il podere accanto alla fattoria del Ciglieri non era esattamente il posto più salubre dell'universo. La proprietà, immersa fra gli eucalipti, era delimitata a est da un fosso, il che ne faceva da un punto di vista pratico una specie di discoteca all'aperto per zanzare; il tutto senza contare che il fosso stesso, negli anni pre-cedenti, aveva rappresentato l'unico collettore di sca-rico della Premiata Conceria F.lli Martellacci, che fino alla chiusura (avvenuta nel 1991 per motivi squisitamen-te giudiziari) aveva riversato nell'indifeso corso d'acqua tonnellate e tonnellate di residui di concia, fino a far-gli assumere quel bel colore blu oltremare che era val-so al fosso l'irridente soprannome di «Danubio». Il co-lore, col tempo, era stato portato via; il nomignolo, no.

– Praticamente – cominciò a spiegare il Del Tacca, esprimendosi in perfetto italiano, come sempre quan-do tentava di emanare autorità – questi due vivevano insieme, però a registri di legge risultavano divorziati a tutti gli effetti.

– E allora?

– E allora questi due avevano divorziato, in modo tale che ir marito era costretto a paga' l'alimenti alla moglie – spiegò Pilade. – Però l'alimenti che ti passa ir marito sono esentasse, e quindi praticamente su una parte di reddito lui non pagava un quattrino di tasse che fosse uno.

Per riuscire a far parlare una persona reticente, non c'è niente di meglio che fingersi competenti sul suo stesso terreno e cominciare a sparare boiate colossali: la voglia di correggere l'errore e di ristabilire la verità è troppo più forte della volontà di mantenere un basso profilo. Vale per tutti, anche per le persone apparentemente prive di pulsioni umane come il notaio Aloisi. Il quale, mentre finiva il cappuccino, scosse il capo con scarsa ampiezza, ma molta autorità.

– Ad essere precisi, non è proprio così.

– Ah no? – provocò Pilade. – E allora come sarebbe?

– In realtà, pare che il nostro amico Benedetti quando stava ancora in Umbria fosse oberato dai debiti. Come è come non è, ha chiuso la sua attività a Gualdo Tadino, ha divorziato e si è ristabilito in Toscana. A seguito del divorzio, gran parte dei suoi beni sono andati alla moglie, compreso il podere di cui si parlava prima, e quindi sono inesigibili da parte dei creditori dell'ex marito. Tra cui, principalmente, lo Stato.

– E lei come fa a sapello?

– Ormai è di pubblico dominio – disse il notaio con un'ombra di sorriso. In effetti, l'ispezione della Guardia di Finanza all'interno dell'agriturismo del Benedetti non era stata né discreta né indolore. Così, la notizia dell'arrivo dei pubblici ufficiali era giunta piuttosto alla svelta alle orecchie del senato ufficioso. Oltre che, s'intende, di tutto il paese, il quale ci ricamava sopra ormai da settimane. – Non sto divulgando nessun segreto professionale. Fra l'altro, io non ho seguito nessuna delle pratiche dei due, o tra i due. Sono cose che si sanno.

– Mamma mia, però è terrificante – commentò Tiziana, asciugandosi le mani nel corto grembiule che portava legato in vita. – Saranno anche cose che si sanno, però è da paura.

– In che senso? – chiese Aldo, facendo mostra di non capire.

– Voglio dire, se questa cosa è venuta fuori vuol dire che qualcuno ha visto che 'sti due vivevano insieme e l'ha detto a qualcun altro. Ho capito che si parla di un reato, ma come ha fatto chi li ha scoperti a sapere che erano divorziati? Sono comunque fatti privati delle persone.

– To', privati una sega – asserì Ampelio. – Io in questo posto ci vivo. Quer che ci capita mi riguarda e come. Lei 'un è d'accordo, signor notaio?

Il notaio, dopo aver chiuso il giornale, prese la tazza dal piattino e le fece fare un piccolo giro, come ad alludere a quello che li circondava.

– Dipende. In questo Tiziana ha ragione, è stato scoperto un reato, però probabilmente la cosa è stata possibile solo compiendo un reato. O comunque interessandosi della privacy di altre persone. D'altronde, si sa, privacy è un termine inglese. È abbastanza naturale che da queste parti non ne capiamo il significato, no?

– Io 'un sono punto d'accordo – ritenne necessario dire il Rimediotti. – Der resto, se uno scopre una magagna, vor di' che alla fin fine aveva ragione a fassi i fatti di quarcun artro.

– In questo caso, sì – ammise il notaio. – Ma in caso contrario, secondo lei, che diritto ne avrebbe avuto?

– To', come che diritto? Quello di cittadino! – Il Rimediotti, cercando consenso, si guardò intorno. – Guardi, sor notaio, che se tutti i cittadini si facessero l'affari di vell'artri, e ogni quarvorta vedessero quarcuno che fa una cosa sudicia lo dicessero in lungo e in largo, la gente si comporterebbe parecchio meglio.

– Capita di rado, ma stavorta ha ragione Gino – approvò Ampelio. – Artro che pràivasy, in certi casi ci vorrebbe 'r banditore.

– Sì, Gino – disse Aldo, paziente, intuendo dove si andava a parare. – Però, scusa, come fai a decidere cosa sono fatti tuoi e cosa no?

– Come, in che modo? – Gino si risentì. – De', o te 'un lo sai cosa è giusto e cos'è sbagliato?

– Dipende. Su certe cose sono sicuro, su altre un po' meno –. Aldo alzò le sopracciglia, facendo diventare le rughe sulla fronte degli autentici canyon. – Ma se noi quattro ci mettessimo a denunciare le persone perché fanno cose che non capiamo, hai idea del casino che succederebbe? Se io, Ampelio, te e Pilade ci mettessimo sistematicamente a segnalare comportamenti che secondo noi non sono giusti, o non sono comprensibili? Te l'immagini i commissariati pieni di preti, di calciatori, di persone intelligenti e di dietologi?

– Io me li immagino pieni di politici – ribatté Gino, piccato. – Di politici, di magistrati e di notai.

– Addirittura? – L'espressione del notaio Aloisi era incuriosita, più che irritata.

– Abbia pazienza, signor notaio, ma mi dica lei in che artro paese esiste che se io devo compra' una casa devo da' quarche migliaio d'euri a un tizio solo perché mi deve di' che chi mi vende la casa la possiede per davvero. O 'un lo potrebbe fare un qualsiasi impiegato comunale?

– Come no – approvò il notaio Aloisi. – Mi dica solo questo: lei, quando va in Comune a chiedere informazioni su, che so, la tassa sull'immobile che deve pagare quest'anno, che si chiami IMU, TASI o che so io, ottiene sempre la risposta corretta?

– Ma perlamordiddio – rispose Ampelio. – Prenda Pilade. L'ùnia risposta di cui ti pòi fida' è se ni chiedi se ar barre c'è sempre le paste.

– Ora non esageriamo colle parole – disse Pilade.

– Giusto – rispose Ampelio. – Ci penzi già te colla forchetta.

– Ad ogni modo, in caso di errore, lei si aspetterebbe che il Comune, dico: il Comune, le rifonda l'acquisto della casa, quando venisse a scoprire che questa è realmente gravata da un'ipoteca, o che il suo proprietario l'ha già venduta ad altri due tizi differenti?

Silenzio. Il silenzio vagamente imbarazzato dell'interlocutore che si rende conto che il proprio avversario, chissà com'è, deve aver trovato il punto giusto dove affondare.

– Ecco – disse il notaio dopo qualche secondo. – Invece, il notaio questa cosa la garantisce patrimonialmente. Vale a dire che se io compro una casa, e l'acquisto di questa casa va storto per motivi imputabili al notaio, il notaio stesso è tenuto a rifondervi il prezzo della casa, euro su euro.

– Ho capito – disse Gino, tentando di riconquistare un minimo di terreno. – Ma chiede' due o tremila euro per un appartamento che ne vale cencinquantamila...

– Vada negli Stati Uniti, allora – continuò il notaio. – Invece del notaio, che è super partes, e che se sbaglia paga, lei dovrà pagare un avvocato, perché faccia esattamente gli stessi controlli, però facendosi pagare circa il doppio. A meno che non voglia fidarsi, e comprare al prezzo di una villa del Palladio un retone sul fiume, magari anche rubato. E non è che capiti di rado. Tanto per darle un'idea, all'epoca della crisi del 2009 si scoprì che circa un milione di contratti di mutuo erano stati sottoscritti in modo fraudolento, con estratti di proprietà falsi. Rendo l'idea?

Il Rimediotti, poco convinto, fece una faccia a metà fra «estremamente dubbioso» e «ho appena leccato un limone acerbo».

– A me, però, continua a essecci quarcosa che non torna.

– Anche a me – troncò il notaio. – Abbiamo avuto tremila scandali, in Italia. Hanno coinvolto politici, industriali, magistrati, cardinali e principi regnanti. Lei se ne ricorda uno, guardi, me ne basta uno, dove sia andato di mezzo un notaio?

Silenzio. E questa volta, definitivo.

L'unico uomo al mondo in grado di zittire i vecchietti.

Massimo, in quel momento, cominciò a invidiarlo anche per questo.

Due

– Si pòle?

Eccoci. Mi ci mancavi solo te.

Dalla porta a vetri, inconsapevole della reazione di Massimo, si era affacciato un uomo dal faccione gioviale, che senza attendere risposta entrò nel bar, seguito a distanza di possibile tamponamento da un secondo personaggio dall'aspetto per nulla gioviale, anzi.

– Alla grazia der Bertelloni! Vieni vieni Bertelloni, ci mancavi solo te – lo accolse Ampelio, da autentico padrone di casa.

Appunto.

– Ba', allora mi piglio anche una seggiola – disse l'uomo, accostandosi al gruppo dei quattro, e concretizzando quanto appena detto. – E poi mi piglio anche quarcosina. Allora, Massimo, te che decidi per tutti, cosa prendo?

Fosse per me, una bella polmonite atipica. Doppia, s'intende.

Di tutti i possibili esseri molesti di Pineta e dintorni, la coppia Bertelloni-Menotti era una delle minacce più temute da Massimo sin da quando aveva aperto il bar. Principalmente a causa dell'ente dominante, Evaristo Bertelloni di anni 59, di professione macellaio, dall'aria pacioccosa e ottimista di natura; e, del resto, uno che fa il macellaio in una località di mare deve essere ottimista per forza. Vero anche che Massimo non lo aveva mai visto se non in compagnia del suo più fedele compagno, Brunero Menotti di anni 58, di professione amico del Bertelloni, un uomo taciturno dalla faccia accartocciata in una espressione di duratura sofferenza causata chissà da cosa, forse problemi di stomaco, forse una naturale tendenza alla melanconia, forse la continua esposizione ai discorsi del suo sodale. Perché il Bertelloni, semplicemente, non si chetava mai.

Non che l'uomo in questione fosse stupido, anzi. Semplicemente, qualunque fosse l'argomento della discussione, che si parlasse di centrosinistra o di centravanti, come il Bertelloni prendeva la parola era finita, e qualsiasi interlocutore veniva sfinito a furia di anacoluti, mentre in sottofondo il Menotti fungeva da punteggiatura, evidenziando le pause dell'amico con monosillabi rari e rassegnati.

Per fortuna, la presenza del Bertelloni all'interno del BarLume era sporadica, a causa del fatto che il tizio aveva un negozio in piena attività, e non aveva ancora deciso che era giunto il momento di andare in pensione; momento che sarebbe arrivato, prima o poi, e a cui Massimo pensava con terrore.

– Io, a quest'ora, piglierei un caffè – disse Massimo. E poi mi toglierei dai coglioni, che magari anche te avrai da lavorare. Ma da come ti sei messo su quella seggiola, ho poche speranze.

– Vai, fammi un ber caffè, bravo. E poi dopo mi fai anche un cognacchino –. Il Bertelloni si adagiò bene bene sulla seggiola, facendola cigolare. – Tanto per una mezz'oretta posso sta' chiuso, stamani ir mio l'ho già portato a casa.

– De', davvero... – fece eco il Menotti, fedele al suo ruolo di chierichetto laico.

– O chi è passato, un ameriàno?

– No no, tutta roba nostra. L'hai presente quella dell'agriturismo sur Danubio?

– Ma chìe, la moglie der Benedetti? – chiese il Rimediotti.

– Ba', la moglie – rispose il Bertelloni, facendo così così con le mani. – Dice siano divorziati, lo sapevi? Vivano inzieme, però dice che siano divorziati l'un dall'artro.

– To', se ne parlava giusto ie...

– Ma lo sai perché? – continuò il Bertelloni, con una piccola pausa piena di enfasi. – Perché lui, quando stava in Umbria, era pieno di debiti. Te lo riòrdi che te lo dicevo, che lui ciaveva i debiti?

– Eh... – confermò il Menotti, con laconica mestizia.

– E allora a questo modo lui, divorziando, ha intestato la casa a lei –. Il Bertelloni prese una pausa colma di saliva. – E siccome è pieno di debiti, e dice gliela stavano per pignora', ora a questo modo 'un gliela possano più pignora', hai capito?

– Ho capito sì. 'Un sono mìa lui – disse Ampelio, indicando il Menotti con la mano. Il Rimediotti, ringalluzzito dal non vedersi indicare, una volta tanto, come il più scemo della compagnia, provò a inserirsi:

– Te penza che propio ieri ir notaio Aloi...

– E inzomma – continuò il Bertelloni, con nonchalance – stamani m'entra ner negozio e mi fa: senti, Evaristo, stasera i miei ospiti vogliono fa' la grigliata. Me la dai un po' di roba bona per fare una bella braciata all'aperto? Saremo una quindicina, forze anche venti.

– Alla grazia! – disse Ampelio. – C'entra tutta quella gente?

– Ma nemmeno se ce li pigi colla zangola – ribatté Pilade. – Ne l'ho fatti io tutti l'atti catastali, son tre camere doppie e una tripla. O ha gente anche da fòri, o sennò vor di' che ha 'nvitato a cena anco le galline.

– Cosa che vedo difficile, fra l'altro – si inserì Aldo. – Tirchia com'è, quella donna...

– To', davvero – accordò Ampelio, annuendo lentamente. – Leverebbe la pelle alle zanzare per faccisi un vestito. Quante bistecche ha comprato per venti persone, una o due?

– Dieci. Da un chilo l'una – rispose il Bertelloni, mentre dietro di lui il Menotti annuiva solenne.

– Alla grazia! – reiterò Ampelio. – Dieci chili di ciccia per venti perzone?

– O 'un t'aveva detto che aveva fatto giornata? – replicò Pilade, indicando il Bertelloni con un cenno della mano destra, la quale, per inciso, sul banco del macellaio non avrebbe sfigurato.

– Meglio – continuò l'uomo, con un sorriso maligno. – Più un chilemmezzo di rostinciana, più una trentina di salcicce, mi raccomando Evaristo che ne venga almeno una a testa, più du' bistecchine di maiale che magari quarcuno la richiede. O mettici un toppino?

– Io glielo metterei, ma ar cervello – commentò Ampelio, scuotendo la testa. – Quando la gente dà gli stiaffi alla miseria a questo modo, io 'un lo posso senti'. Ora te l'immagini quanta ne buttano via? Dimmi te chi è che si mangia tutta quella roba, giù...

– To', ma magari vanno ar mare tutto ir giorno e poi la sera hanno fame... – tentò di giustificare il Rimediotti.

– Bellini, sì. Vanno sulla spiaggia e gli vien fame. Se provano a lavora' cosa succede, vogliano l'elefante ar forno? Io la fame me la facevo veni' con pala e piccone, artro che spiaggia! E quando tornavo a casa, artro che la bistecca. Pane e cipolla. Poco pane, e tanta cipolla.

– E si vede, vai – rispose Aldo. – Badalì come sei diventato acido. Guarda che la carne si può anche congelare, sai?

– E qui ti volevo – si inserì il Bertelloni, con decisione. – Seòndo me ne congelano anche parecchia.

– Cosa vorresti di', che ne congelano parecchia?

– Voglio di' che con tutto ir casino che è sortito fòri, loro ora vogliano fa' vede' che 'un è vero che cianno i debiti, o che cianno i probremi. Vogliano fa' vede' che stanno bene, che cianno clienti, che l'agriturismo è pieno e gli ci va anche la gente a cena e tutto quanto. È tutto un modo per 'un fassi vede' moribondi. Tanto ce n'è uno di sciacalli a giro. Ho ragione o no?

– De', vedrai... – confermò il Menotti.

– Allora, com'è stasera?

Aldo, senza alzare la testa dal taccuino, annuì senza troppa convinzione. Intorno, il Bocacito ferveva, al massimo del suo splendore e della sua capienza. Tutti i tavoli occupati. Tutti, nessuno escluso.

– Meglio.

Massimo si dette un'occhiata intorno, seguendo per un momento con lo sguardo Tiziana che si muoveva con rapida grazia intorno ai tavoli.

– Meglio? Meglio nel senso di «meglio di quanto mi aspettassi» o nel senso di «meglio avere un secchio, che sto per vomitare»? No, perché dall'espressione...

– L'ho visto anch'io, quel film, quindi non metterti a copiare le battute. No, meglio di quanto mi aspettassi. Molto meglio di quanto mi aspettassi.

– E allora?

– Ci sono un paio di cose che non mi piacciono.

– Un paio sole? Ti va di lusso –. Massimo ritornò serio. – E sarebbero?

– La prima è quella là.

E Aldo fece un cenno con la testa verso un tavolo accanto alla vetrata, dove un Marchino dall'aria impacciata seguiva il fluire di Tiziana tra un ordine e l'altro.

– Ho capito. E allora? È un cliente come tutti quegli altri.

– No, non è un cliente come tutti quegli altri. È Marchino.

– Va bene, te lo concedo. Non è un cliente come tutti quegli altri. Capita. È normale.

– No, non è normale. Se Tiziana lavorasse in una libreria, quello sarebbe capace di imparare a leggere –. Aldo scosse la testa. – Siccome Tiziana lavora qui, quello è capace di venire a cena otto giorni la settimana. Sei d'accordo che potrebbe crearsi una brutta situazione?

– Potrebbe. Potrebbe. Mi dai il menù? Ecco –. Massimo incominciò a leggere, con voce da maître. – Mousse di branzino al profumo di bergamotto su sfoglia croccante di purè di patata viola al forno, euro diciotto. Gamberi imperiali su crema di fagioli zolfini e sesamo tostato, euro diciotto. Cavatelli di grano arso alla rana pescatrice, euro venti –. Massimo chiuse il menù con uno schiocco morbido. – Eccetera, eccetera. Che lavoro fa Marchino?

– Eh, era operaio in una ditta di serramenti. Ora però mi sa che son sei mesi che è disoccupato.

– Appunto. Per cui, la brutta situazione mi sa che non si crea.

– La fai troppo facile, secondo me.

– Sicuramente. La seconda?

– Eh?

– Hai detto che c'erano due cose che non ti piacevano.

– Ah, sì. No, non è che non mi piace, non me la spiego. Ecco, li vedi quei quattro tizi lì, seduti al tavolo sotto il Tavarelli?

41

Massimo ruotò la testa. Sotto al grande quadro a olio raffigurante un paese semiallagato, il cui titolo originale era «L'alluvione del '66», e che Massimo aveva riqualificato con un provvisorio cartellino dal titolo «Avevo aperto appena il rubinetto per fare il bagno, non mi vanno a chiamare al telefono?», stava un gruppo di quattro persone, due uomini e due donne udibilmente teutonici, che chiacchieravano con l'aria rilassata di chi si gode i giorni centrali di una vacanza.

– Li vedo. A giudicare dalla lingua che parlano, i soldi per venire qui a cena tutte le sere loro ce l'hanno. Son gli unici in Europa, ma ce li hanno.

– Lo sai da dove vengono?

– Be', o sono tedeschi, o sono austri...

– Vengono dall'agriturismo. Dall'agriturismo del Benedetti.

– Ho capito. Bene. Ancora più probabile che vengano tutte le sere, no?

– No, Massimo, non mi sono spiegato. Hai presente quello che diceva il Bertelloni stamani? Che la moglie del Benedetti aveva comprato un manzo intero per fare la braciata, stasera?

– Ho capito. Magari sono vegetariani.

– E vengono qui? No, il problema non è quello. Io il tedesco un pochino lo mastico, l'ho imparato sulle navi da crociera. Se ho capito bene quello che stavano dicendo prima, stasera sono venuti qui perché all'agriturismo la cena non era pronta.

– Interessante. Vuoi proporti come catering al Benedetti?

– No, sono solo curioso di sapere cos'è successo.

– Stavo in pensiero. E cosa penseresti di fare?

Aldo guardò Massimo, con aria indifferente.

– Il mio lavoro. Stare in sala. Il che consiste anche nel chiacchierare con i clienti, interessarsi del loro pasto e anche delle loro vacanze. Tra l'altro, uno dei crucchi l'italiano lo parla parecchio bene –. Aldo girò una mano con il palmo all'insù. – Vuoi non dargli soddisfazione di fronte agli amici, con una bella chiacchierata con l'oste?

– Fa parte del mestiere, eh?

– Esattamente. Fa parte del mestiere. Stare in sala è il mio mestiere. Il tuo, invece, è stare al bar. Anzi, al barre, con gli altri rozzi come te. Auf Wiedersehen, bello.

Tre

– To', sette e tre dieci.

– E uno che fa undici – rincarò Pilade. – O provaci a fa' scopa. A meno che tu 'un ciabbia una regina pregna...

– Si dice incinta – ribatté Tiziana, da dietro al bancone. – Se volete essere fini, in stato interessante.

– O cosa vor di'? – rispose Ampelio. – Per me le donne son sempre state interessanti. Quelle belle, eh, s'intende. I roiti è bene che interessino a quarcun artro.

Con tono fintamente offeso, Tiziana tentò la controffensiva:

– Io vorrei sapere come fanno le vostre mogli a sopportarvi.

– Veramente chi li sopporta sono io – interloquì Massimo, scartando un cinque di fiori. – Sono fissi qui.

– To', è propio quello 'r segreto – replicò Pilade serafico. – Te l'immagini la moglie di Gino con lui tutto 'r giorno a casa a rompe' coglioni? Ir segreto d'un ber matrimonio, cara la mi' Tiziana, è sta' 'nzieme 'r giusto. Né troppo, e né poco. Se uno te lo vedi sempre intorno prima o poi è pacifico che ti viene sulle scatole.

– Guarda, di questo è meglio che non ne parliamo –.
Il tono di Tiziana si fece lievemente più acido. – A proposito di sopportazione, Massimo, non è che per caso potresti smetterla di sopportare tuo nonno? Il che significa, appena finita la partita, per carità, potresti smetterla di giocare a scopone e mi verresti a dare una mano, grazie?

– Agli ordini – disse Massimo, mettendo a posto le carte. – Tanto, guarda, sta arrivando il quarto titolare della panchina.

In effetti, dalla porta a vetri era chiaramente visibile la figura alta e dinoccolata di Aldo che puntava in direzione del bar, con in bocca una sigaretta scroccata, per una volta, a qualcun altro. Sigaretta che spense immediatamente fuori dalla porta, del resto il bar era del socio e quindi le eventuali multe si pagavano a mezzo, prima di entrare e salutare.

– Salve a tutti, belli e brutti. Come mai dentro?

– Si voleva fa' una partitina, e Massimo ha insistito per resta' dentro ar barre – spiegò Pilade.

– Bravo socio – approvò Aldo. – Coscienzioso verso il proprio ruolo di esercente, ma rispettoso dei desideri della clientela. Io, però, a quest'ora starei meglio sotto l'albero. Voi che ne dite?

Nemmeno bisogno di chiederlo. Un rapido colpo di protesi, e tutti e tre in piedi. Si sta parecchio meglio, sotto l'olmo.

– Allora, le cose interessanti che m'hanno detto i crucchi sono due – stava dicendo Aldo, mentre Massimo

45

gli metteva davanti un corretto alla sambuca. – La prima, è che sono venuti ieri a cena da me perché il Benedetti gli aveva detto che questo è il meglio ristorante di tutto il paese, l'unico degno di questo nome.

– A me 'un è che me ne 'nteressi punto – notò Ampelio. – Io mangio a casa mia, Gino mangia a casa sua e Pilade mangerebbe da tutte le parti, quindi di quant'è bòno 'r tu' ristorante c'importa una sega.

– La seconda – continuò Aldo, ostentando dignitosa indifferenza – è che ieri sera non sono rimasti a cena all'agriturismo perché non c'era nessuna cena. Nessuna braciata, nessuna carne alla griglia, niente di niente. E lo sai perché nessuno ha cucinato nulla?

Domanda vistosamente retorica, su cui Aldo fece una lunga pausa da attore consumato, accendendosi una sigaretta dal pacchetto evidentemente comprato la mattina stessa. Il che, già di per sé, significava che c'era qualcosa da raccontare. Aldo non comprava mai le sigarette, se non quando prevedeva sedute straordinarie del senato.

– Perché ieri sera la signora Vanessa non è rientrata a casa.

Ah. Strano.

– Sissignori, non è rientrata a casa. Dopo aver comprato un quantitativo di ciccia sufficiente per i leoni dello zoo di Pistoia, non è tornata a casa e non ha preparato nulla.

Parecchio strano.

– E non finisce qui – continuò Aldo, dopo aver dato una tirata particolarmente voluttuosa. – Stamani, mentre venivo in paese, ho ritrovato i crucchi. E ci siamo salutati. Piacere di vedervi, come state, s'è mangiato bene, stasera vedrai si ritorna, n'ho piacere, la signora come sta, e loro lo sai cosa m'hanno detto?

– Oìmmei Ardo, fai veni' il latte a' ginocchi – si spazientì Pilade. – Cosa t'hanno detto, che è morta?

– Potrebbe anche essere – rispose Aldo, lapidario. – Di sicuro, stamani non era ancora rientrata. La colazione l'ha preparata il marito, e lei nessuno l'ha vista.

I quattro si misero a fuoco l'un l'altro; con difficoltà, ma anche con estrema determinazione.

Poi, senza bisogno di dire niente, Pilade si alzò in piedi, gesto che veniva compiuto solo quando assolutamente necessario, e tirò fuori il telefonino dalla tasca davanti dei pantaloni, cosa che da seduto sarebbe stata semplicemente impensabile. Quindi, dopo aver pigiato un tasto con l'indice, si portò l'oggetto all'orecchio.

– Pronto, Vilma? Sono io, sì. Chi vòi che ti chiami a te? O sono io, o è Bergoglio che ha sbagliato numero. Ascorta, te per caso conosci quarcuno che abita vicino ar Danubio? Sì, vicino ar Danubio, accanto all'agriturismo. Sì. Chìe? Ah, ho capito –. Pilade guardò gli altri alzando le sopracciglia. – No, mi faresti ir piacere di chiedenni se per caso stanotte ha visto a che ora è tornata la padrona di 'asa? No. Io? Io 'un me ne giovo a chiamalla, 'un è nemmen mi' parente. È la tu' cugina, chiamala te. No, nulla, è perché qui c'è...

Seguì lungo soliloquio della signora Vilma Bonciani nei Del Tacca (uno, ma d'altronde pesa per tre), nel corso del quale la donna ebbe modo di spiegare che:

a) lei e la cugina Palmira non si sentivano da un par d'anni per via che quando s'era sposata la su' nepote Anna Maria non gli aveva nemmeno mandato la partecipazione e sì che lei n'aveva già comprato il regalo, che era quer ber bricco di porcellana co' ritratti di Uìlliam e Chèit d'Inghirterra che lei se l'era fatto porta' apposta da Londra e poi n'era toccato rifilallo alla Graziella quando s'era sposata lei perché io avevo detto che lo potevamo usa' noi a colazione e te m'hai detto io vedo già te tutte le mattine, mettimi anche davanti quest'artro orrore a stomaco vòto e siamo a posto;

b) a me quella gente dell'agriturismo comunque 'un m'è mai garbata punto, già son divorziati l'un coll'artro e vivano sotto lo stesso tetto, e comunque in quer posto ci va la peggio gente, dice l'anno scorso c'erano anche du' omini che avevano la camera assieme che se c'ero io vedrai dormivano dimorto sotto un ponte, che magari cor un po' d'aria fresca ni si schiarivano l'idee;

c) te appena passi di 'asa mi fai ir favore di sceglietti un vestito bòno dall'armadio perché se continui a anda' ar barre e a fatti i 'azzi di vell'artri prima o poi quarcuno ammazza te per davvero e allora io lo voglio sape' cosa ti devo mette' addosso nella bara, quello che scegli scegli, tanto che ti stia largo 'un c'è perìolo.

Dopo di che, Pilade buttò giù, con un certo sollievo.

– Ce l'hai un carico?
– Ciò punti.
– Mi fa piacere. Io vorrei un carico.

– Anch'io vorrei esse' 'r sultano der Brunei – disse Pilade.

– Vaivai fidati, butta giù – disse il Rimediotti, con aria grifagna.

– Fidati è morto povero – ricordò Pilade mentre, con aria per nulla convinta, scartava un tre di mattoni. Tre che venne depredato seduta stante da Aldo, con un asso di mattoni anch'esso.

– Era due ore che t'aspettavo... – disse, riformando il mazzetto delle prese con precisione.

– Ma vedrai a me m'aspettavi ancora parecchio – rispose Pilade, guardando Ampelio.

– Guardi me? Io t'avevo chiesto un carico, 'un t'avevo chiesto mattoni – si discolpò Ampelio. – D'artronde, anche a guardatti, c'era da aspettasselo, che sei uno che butterebbe giù anche i mattoni.

Io te li darei ner capo, i mattoni, disse lo sguardo di Pilade; ma, prima di poterlo esprimere anche ad alta voce, il telefonino sul tavolo si mise a vibrare, ruotando su se stesso con sincopata impazienza.

– Pronto – disse Pilade, dopo essersi alzato in piedi per riflesso, portandosi il telefono all'orecchio.

E, da lì in poi, non disse più nulla.

– Allora?
– Allora, è roba pesa.
Pilade, prima di parlare, approfittò del fatto che era già in piedi per tirare fuori di tasca un fazzolettone bianco a quadretti azzurrini e asciugarsi il sudore dalla fronte.

– Punto numero uno, dice che il Benedetti e la moglie da un paio di settimane litigavano fissi. O meglio, 'un è che litigassero: era lei che gliene diceva di tutte. Lo trattava propio a merda.

– E perché?

– Dice per via di questo fatto der divorzio finto. Che era stata un'idea tutta sua, e che lei s'era prestata e basta e poi è venuto fòri tutto questo casino, dice.

Da queste parti, quando si vuole conferire alle affermazioni più vaghe il carattere di verità assoluta, si parla sempre all'impersonale.

Dice.

Ovvero, in italiano corretto, si dice. Sul vocabolario significa «più d'una persona lo riporta», al bar significa «ecco spiegato com'è la faccenda». Questione di lessico. D'altronde, siamo in un posto in cui il massimo grado di fiducia che l'interlocutore può accordare al tuo racconto è dato dall'espressione «pol'esse'». Benvenuti in Toscana, ovvero nella patria del dubbio: un posto in cui tutti sono inclini a sospettare della veridicità delle tue parole anche quando parli del gatto.

– Ho capito. E poi, punto numero due?

– Punto numero due, dice che la notte che la signora 'un è tornata, abbino visto la macchina der Benedetti parcheggiata accanto ar Danubio.

– In che senso?

– Come, in che senso? Dice che quarcuno ha visto la macchina der Benedetti accanto ar fosso, cor bagagliaio aperto.

Attimo di silenzio, con sottofondo di rotelle e ingranaggi che girano.

– Che macchina cià, ir Benedetti?

– Mah, mi sembra una di quelle nòve, giapponesi...

– Ha una Yaris – disse Aldo. – Come quella lì, guarda.

I vecchietti voltarono il periscopio, lentamente e tutti insieme, seguendo lo sguardo di Aldo come a una lezione di tai chi chuan. Mentre la macchinetta rosso ciliegia parcheggiava di fronte al bar arrivò Massimo, col vassoio carico.

– Ecco qua, un bell'aperitivo prima della mela cotta. Allora, prosecchino al Rimediotti, fernet al nonnaccio, minerale al Del Tacca e analcolico ad Aldo che d'altronde dopo deve lavorare. Che c'è, manca qualcosa?

– In un certo senso... – disse Aldo.

Massimo, avvertendo in qualche modo che era richiesta la sua presenza, si bloccò in silenzio.

Silenzio che fu rotto, dopo qualche secondo, dal Rimediotti.

– Senti, Massimo, te che sai la matemàtia...

– Presente – rispose Massimo, aspettandosi di venire coinvolto in un litigio sul conteggio dei punti.

Il Rimediotti, invece di indicare il tavolo, indicò la vetturetta posteggiata accanto al marciapiede.

– ... ma in un bagagliaio come quello lì, seòndo te, il cadavere d'una persona, tutto intero, c'entra?

Quattro

La diffusione di informazioni avviene principalmente attraverso conoscenze occasionali.

Questo enunciato, noto come Teorema Fondamentale del Pettegolezzo (o TFP), costituisce il nocciolo della complessa teoria del gossip, e comprenderne il significato è di fondamentale importanza per chiunque voglia farsi i fatti degli altri con efficienza.

Il TFP afferma che laddove ciascuno di noi ciacciasse dei fatti altrui solo con i suoi più cari amici, ed i nostri conoscenti si comportassero esattamente come noi, le notizie da noi riportate prima o poi finirebbero per essere intrappolate in un circolo chiuso, più o meno ristretto. Se io sono molto amico di Emo, ed Emo è molto amico di Ivo, è molto probabile che Ivo sia mio amico, o amico di qualcuno che conosco bene. In questo modo la notizia si propaga faticosamente, facendo dei cerchi, delle volute, rimbalzando avanti e indietro e rincorrendo se stessa; nel caso peggiore, potrebbe non uscire mai dal circoscritto cerchio delle nostre conoscenze più strette, cosa che limiterebbe alquanto il divertimento.

Il professionista delle chiacchiere da bar, invece, sa che per far viaggiare velocemente una malignità di qualsiasi tipo è necessario parlarne alle persone che conosciamo appena e che incrociamo sporadicamente per quei quattro discorsi superficiali tanto utili per rendersi conto che abbiamo tutti gli stessi problemi, chi più chi meno.

Per questo motivo, il bar è un accessorio fondamentale per il pettegolo. Uno stesso bar è spesso frequentato da ogni genere di persone, essendo, a voler essere sinceri, l'unico luogo oggettivamente democratico del nostro paese. Dal professore al muratore, dall'avvocato al diseredato, all'interno del bar siamo tutti uguali, e i tempi di attesa per il caffè, il cornetto e la «Gazzetta» non variano a seconda della nostra posizione nella società.

Tali considerazioni di carattere sociologico, apparentemente slegate dal contesto, sono essenziali per capire come fosse possibile che, la mattina dopo, tutto il paese sapesse che il Benedetti aveva ammazzato la moglie e aveva buttato il cadavere nel fosso.

E, quando si dice tutti, si intende tutti.

– Allora, Massimo, mi fai due shakerati e un tè freddo con...

– Ssssubito.

Massimo, mentre Tiziana rientrava dietro al bancone, si mise alla macchina con celerità. Il tè freddo con – ovvero un tè verde freddo servito con una cucchiaiata di granita al limone – lo avrebbe preparato per ultimo, sennò la granita si scioglieva e addio. Mentre sbatacchiava il portafiltro nel cassetto per vuotarlo – uno dei

53

gesti più soddisfacenti del suo mestiere – sentì Tiziana che diceva:

– Meglio che prima tu prepari un cappuccino.

– Meglio, si fa per dire –. Sempre parlando, Massimo mise il filtro sotto il macinacaffè e dette due colpetti esperti col polpastrello del medio. – Mai dare la precedenza al cappuccino rispetto al caffè. Anzi, rispetto a qualsiasi cosa. A parte due calcagnate nei denti, s'intende. Poi la gente prende il vizio ed è convinta di poterlo ordinare.

– Io te l'ho detto.

Massimo, sempre col portafiltro in mano, si voltò.

Al di là della porta a vetri, la figura slanciata della commissaria Alice Martelli, in vestitino stampato a motivi arabeggianti. Decisamente en pendant la babbuccia di raso con ricami moreschi che le lusingava il piede; viceversa, assolutamente sbagliato l'abbinamento con la faccia da femmina incazzata all'estremità opposta.

Mentre la ragazza si avvicinava, Massimo mise automaticamente il bricco del latte sotto il cannello del vapore.

Della neocommissaria Martelli, arrivata ormai da due anni in sostituzione del mai troppo rimpianto Vinicio Fusco promosso vicequestore a Mantova, Massimo sapeva poche cose: che era elbana, che era laureata in fisica oltre che in economia e che era single. Con certezza, ne aveva capite altrettanto poche, ma significative: che aveva un bel cervello, che era in grado di cambiare umore con la velocità di una pulce che salta, e che si drogava di cappuccini. Questi due aspetti, in certe giornate, consigliavano di non farle aprire bocca nemmeno per ordinare, e di metterle sotto il naso la dose di schiuma di cui era dipendente senza por tempo in mezzo.

Ad ogni modo, nonostante un esordio decisamente migliorabile in cui Massimo aveva involontariamente invitato la neocommissaria a pratiche di dubbio gusto, i due si erano presi piuttosto in simpatia. Simpatia che, con disappunto di Massimo, includeva anche Ampelio e gli altri tre. Il nuovo che avanza, infatti, aveva stretto prontamente alleanza con il vecchio avanzato, e l'allegra combriccola, insieme con Massimo, aveva contribuito arzillamente alla soluzione dei primi casi criminali capitati fra le gonne alla nuova commissaria; contemporaneamente, e all'insaputa del nipote-barrista, i vecchietti avevano narrato ad Alice parecchi particolari salienti della vita del nostro, tra cui la ragione per cui Massimo di cognome si chiamava Viviani, esattamente come il nonno materno.

– Buongiorno.

– Stai parlando di ieri, vero?

Massimo, senza parlare, indicò la vetrina con i cornetti, con aria interrogativa. La commissaria scosse la testa.

– No, oggi è meglio di no. Ho un po' di mal di stomaco.

E te lo fai passare col cappuccino?

– Capisco. Colpa del lavoro?

La ragazza, affondando le labbra nella schiuma, annuì in modo contenuto.

– Sì, principalmente sì.

Giusto in quel momento, dalla sala biliardo arrivò Ampelio, stecca in mano e basco in testa nonostante gli ottantasei gradi Fahrenheit.

– Massimo, ce l'avresti mìa un... Ba', alla grazia della legge! – disse Ampelio, con un gran sorriso a doppia dentiera. – Allora, l'avete arrestato?

Girando lentamente il collo, la ragazza rivolse verso Ampelio uno sguardo vagamente velato.

– Non sono sicura di chi dovrei arrestare.

– Ma perché, seòndo lei ha avuto anche de' comprici?

La ragazza guardò Massimo negli occhi.

– Ti dispiace se vado un attimo in sala biliardo?

– Per nulla. Anzi, guarda, verrei di là anch'io. Tiziana, se hai bisogno mi chiami?

Tiziana, contrariamente a quanto Massimo si aspettava, non fece una piega.

– Zì buana. Badrone andare bure, tutto pensare me.

– Allora, giovanotti, stavolta occorre parlarsi chiaro.

Seduta a gambe incrociate sopra il biliardo, come a significare non solo metaforicamente che da quel momento in poi non si giocava più, la commissaria emanava molta più autorità di quanta non ne avrebbe mai avuta in divisa e scarpa di vernice.

– I fatti sono questi: nessuno ha più visto la signora Vanessa Tonnarelli divorziata Benedetti da quando è stata dal macellaio, il signor Bertelloni, a comprare la carne per fare il barbecue. Giusto?

I quattro annuirono come un sol vecchio. La commissaria, guardandosi in giro, fece un piccolo sbuffo.

– Allora, bimbi, per la legge italiana una persona è libera di scomparire e io, a meno di non ricevere una denuncia di scomparsa, non posso farci nulla. È nel pieno diritto di tutti noi levarsi dai coglioni se e quando se ne ha voglia. E io, vorrei che questa cosa fosse chiara, non mi posso muovere sulla base di un pettegolezzo.

– Cioè, mi scusi, ma uno scompare così ner nulla e la polizia non pòle fa' nulla?

– A meno di non avere motivo per cercarla, no. Se mi arriva una notifica giudiziaria, una multa, un avviso a presentarsi in tribunale come testimone, insomma se ho un qualcosa di ufficiale in mano che mi obblighi a cercarla, è mio dovere mettermi a cercarla. Altrimenti – qui la faccia della commissaria si fece ancora più seria – è mio dovere astenermene.

– E se per caso fosse morta?

– Avete dei validi motivi per supporre che sia morta?

– De', l'ha ammazzata ir marito – disse Ampelio, citando a modo suo monsieur de La Palice. La commissaria parve non aver nemmeno sentito.

– Voglio dire, a parte il fatto che ha comprato un quintale di carne e poi l'ha lasciata lì?

– To', c'è la faccenda della macchina – si insinuò il Rimediotti. – Hanno visto la macchina der Benedetti parcheggiata accanto ar fosso, accanto ar Danubio, cor bagagliaio aperto, alle due di notte.

Il viso della commissaria si aprì in un sorriso pieno quanto finto.

– Hanno visto? Ma è meraviglioso. E, mi dica, chi è che avrebbe visto esattamente?

– Ba', a me me l'ha detto la mi' moglie – puntellò Pilade.

– Ed è stata sua moglie a vederlo direttamente?

– No, ci mancherebbe. La mi' moglie alle due di notte è lì che fa l'imitazione della segheria. Però ci son dei testimoni, e quelli si possano trovare. Cosa ciandava a fare una perzona onesta alle due di notte in macchina accanto a un fosso in un viottolo che immette nel viale dove la gente ci va a troie?

– Esattamente quello che ci facevano i testimoni, ritengo – fece notare Massimo, con voce asciutta. – Te la ricordi la storia della multa del Pampaloni?

I vecchietti si guardarono l'un l'altro, non sapendo che semolini pigliare.

Giacomo Pampaloni, meglio noto come Shabby Hair Giacomo, era uno dei parrucchieri più fashion di Pineta, e fino a qualche anno prima colpiva di sole e scolpiva di forbici le chiome delle signore trendy del litorale. Era successo un giorno che a casa del Pampaloni fosse arrivata una multa fatta con l'autovelox, corredata quindi da foto che certificava il suo passaggio in una zona molto lontana da casa e molto lontana dal lavoro, ma in compenso pullulante di zoccole, verso le due e trenta di notte. L'ufficiale notificante, per uno strano scherzo del destino, aveva suonato a casa Pampaloni in un momento in cui era presente solo la moglie, dato che il marito era fuori di casa per lavoro. Anche Giacomo Pampaloni, la sera, tornando a casa, aveva dovuto suonare, perché apparentemente le sue chiavi non funzionavano più, come se qualcuno avesse appena cambiato la serratura; ma, a Giacomo, nessuno aveva aperto.

La commissaria, che conosceva la storia o più probabilmente l'aveva capita senza bisogno di dettagli, fece il gesto di tirare un filo con la mano.

– Appunto. Che speranza c'è, secondo voi, di vedere in commissariato qualcuno che spontaneamente mi viene a dire che mentre andava a puttane ha visto uno col bagagliaio aperto accanto a un fosso?

– To', ma lo diceva lei che uno pol'esse' chiamato come testimone...

– Se c'è un reato, cazzo! – Qui, nel caso in cui non si fosse notato, la commissaria perse la pazienza. – Se c'è un reato, lo posso convocare. Se non ho denunce...

– Ma perché, il marito non l'ha denunciata, la scomparsa?

Alice, sempre a bocca contratta, fece di no con la testa, guardando Aldo.

– E non le sembra strano?

– Certo che mi sembra strano. Per questo, stamani, sono andata all'agriturismo.

Sorsetto circospetto.

– Sono andata, in modo informale, a dire al signor Benedetti che in paese qualcuno era preoccupato per la scomparsa della moglie, e gli ho chiesto se voleva sporgere denuncia.

– E lui?

– A parte il fatto che non mi ha considerato manco di struscio, e ha continuato a spostare roba come se nulla fosse, mi ha detto bello tranquillo che la sera prima avevano litigato, lui e la moglie, proprio perché lei aveva comprato troppa carne, e non avevano abbastanza posto nel congelatore. Ha aggiunto che da un po' di tempo c'erano problemi, e che la situazione fra loro due era un po' tesa, e che a volte capitava che sua moglie dopo una litigata particolarmente violenta dicesse che adesso si era stufata sul serio, prendesse e andasse via per un paio di giorni. Ma poi torna sempre, ha aggiunto. Purtroppo.

– E der divorzio finto 'un ne l'ha chiesto?

– Voi lo avete mai visto questo Benedetti?

Mai sentito il bisogno, dissero le teste dei vecchietti. Per ciacciare su qualcuno non c'è mica bisogno di conoscerlo.

– È una bestia di un metro e novantacinque per centoventi chili, stimo. Aggiungete che io ero lì in veste non ufficiale, e il tipo mi sembra abbastanza incline a farsi venire i cinque minuti. L'ultima cosa di cui avevo bisogno era un accenno di rissa con un colosso incazzoso.

– Ma allora, scusi, signorina...

La frase era stata detta da Gino con una tale, intenzionale, delicatezza che la commissaria si sforzò visibilmente di calmarsi.

– Mi dica, Gino.

– Perché è tanto arrabbiata con noi, se 'un pòle fare nulla?

La ragazza, chinando la testa, si tolse dal vestito qualche invisibile granellino di chissà che. Sempre a testa china, cominciò a parlare.

– Ha ragione lei, Gino. Sono arrabbiata, a causa vostra, ma non con voi. Sono arrabbiata perché non posso fare nulla –. Qui, sempre a testa china, la commissaria cambiò tono. – Perché da un punto di vista ufficiale non posso fare nulla, ma da un punto di vista personale sarei pronta a scommettere quello che non ho che il signor Gianfranco Benedetti è uno dei più grossi bugiardi che abbia mai visto.

Cinque

Driiin.

Driiin.

Driiin.

– Pronto?

– Pronto, Massimo – disse Aldo, in modo calmo ma con una puntina di apprensione. – Senti, avrei...

All'altro capo del telefono, si sentì una musichetta sgangherata. La voce di Massimo, educatamente, si scusò.

– Sì, un attimo solo di pazienza, mi chiamano al cellulare, devo rispondere – disse. La musichetta cessò, di scatto, per poi lasciare spazio a Massimo che da qualche decina di centimetri dalla cornetta si lasciava andare alla cordialità più insospettabile: – Noo, non ci credo... Pronto! Come stai? Davvero, è una vita che non ti sento. Allora, allora, che si dice? Stai sempre a... scusa un attimo –. Poi, rivolto di nuovo alla cornetta del telefono fisso, disse in modo allegro: – È inutile che aspettiate la fine della telefonata. Se mi conoscete bene, dovreste sapere che io non possiedo un cellulare, e quindi questa non può che essere una segreteria telefonica. Lasciate un messaggio dopo il bip.

Radhika Jha

Confessioni di una vittima dello shopping

«Faccio parte di un club. È un club molto ma molto grande, senz'altro il più grande club di Tokyo, del Giappone, forse del mondo intero. Ma non è un club famoso. Non devi compilare un modulo, per entrarne a far parte. Non si paga l'iscrizione né la quota mensile. Non ci sono limiti di età; ma per esservi accettati bisogna che passi un po' di tempo. I suoi membri non si conoscono l'un l'altro. Ci incontriamo per la strada, questo sì. Poco a poco, impariamo a riconoscerci. Capita pure che ci si sorrida. Ma non ci interessa far conoscenza tra di noi. E questa è una delle regole non scritte».

Per informazioni su autori e libri della casa editrice iscrivetevi alla newsletter su www.sellerio.it

Dopo qualche secondo, scattato il segnale acustico, Aldo incominciò con tranquillità:

– Massimo, due cose. La prima: se continui a usare queste segreterie telefoniche da adolescente, secondo me, anche il resto della tua esistenza rischia di continuare esattamente come quella di un adolescente, ivi compresa una vita sessuale solitaria e tormentata dalla tendinite. La seconda: Ampelio e quegli altri due hanno avuto una pensata geniale, secondo loro, e secondo me invece piuttosto terremotata. Se sei in casa, sarebbe meglio che tu arrivassi al bar al più presto. Se ti stai chiedendo qual è la pensata, cavoli tuoi. La prossima volta hai a mettere una segreteria da persona civile.

Dieci minuti dopo, entrando al bar, Massimo andò direttamente verso la sala biliardo, e ne aprì la porta ostentando sicurezza.

Intorno al biliardo c'erano Pilade, Gino, Ampelio e un tizio che Massimo non conosceva, in maglia bianca e pantaloni neri, con aperto davanti un piccolo quadernetto. Da un lato, a braccia conserte, stava Aldo, col capo chino.

– Eccolo! Gliel'avevo detto che arrivava fra pòo? – disse Ampelio allo sconosciuto. – Allora, dottor Brunetti, lui è Massimo, il proprietario del barre. C'era anche lui quando è capitato quello che ni si diceva proprio ora.

– Dottor Brunetti? – chiese Massimo, lievemente stranito, realizzando solo in quel momento che il taccuino aperto del tizio di fronte a lui, pur essendo scritto in una grafia incomprensibile, gli stava dando l'esatta descrizione di quello che era appena successo. Taccuino che il tizio chiuse, per poi alzarsi e dirigersi verso Massimo.

Il dottor Brunetti, sulle soglie della cinquantina, doveva essersi rivolto a un consulente d'immagine chiedendogli come fare per non sembrare un cinquantenne, e il professionista in questione gli aveva dato, con tutta evidenza, tre dritte preziose: vestiti come un giovane, lasciati la barba un po' incolta e tingiti i capelli, che ne hai tanti. Il risultato era un omino vistosamente di mezza età con una maglietta in tessuto tecnologico che si abbinava meravigliosamente alla pancetta flaccida e al viso rilasciato, da cui si staccava con una nettezza goniometrica una calotta di capelli neri come l'ala di un corvo, separati dal cranio da una linea nettamente distinguibile, circa due millimetri sopra l'inizio della ricrescita.

Massimo non sopportava gli uomini con i capelli tinti. Anche quelli con i tatuaggi, ma di più i capelli tinti. Un tatuaggio può anche essere un errore di gioventù, ma se ti tingi i capelli vuol dire che non sei in grado di accettare il presente.

– Saverio Brunetti, del «Tirreno» – disse il tizio, stendendo una mano affabilmente verso Massimo. – Piacere.

– Dipende – rispose Massimo, dopo aver stretto la mano lo stretto necessario. – A cosa avrei assistito, esattamente?

– Ecco, questi signori mi stavano raccontando una storia estremamente interessante – disse il giornalista, rimettendosi a sedere come se il bar fosse suo. – Pare che una signora, la moglie del proprietario dell'agriturismo «La Luna nel Pozzo», il signor...

– Gianfranco Benedetti – anticipò Gino.

– ... Gianfranco Benedetti, certo, sia improvvisamente scomparsa in circostanze a dir poco inquietanti, ecco. I signori mi stavano raccontando – continuò il tipo, prendendo in mano la penna – e a quanto mi dicevano era presente anche lei quando...

– Quando qualcuno raccontava che qualcun altro raccontava che un lontano parente, il quale tra l'altro una volta ha fatto un viaggio in treno da Pisa a Livorno nello stesso scompartimento di quello che interpreta il commissario Montalbano, e quindi è quasi un poliziotto anche lui, ha visto che il suddetto proprietario aveva la macchina con il bagagliaio aperto vicino a un fosso? Sì, come no. C'ero anch'io, certo.

Il tizio, rimasto con la penna a mezz'aria, alzò lo sguardo verso Massimo.

– Ecco, capisco la sua diffidenza. Non sono certo testimonianze di prima mano. Però spesso il giornalista parte da cose come questa. Testimonianze di cittadini, i quali sentono il dovere civile...

Altro che dovere civile. Questi sentono un cadavere da lontano un miglio.

– ... di fare presente ai mezzi di comunicazione una situazione di tensione, un prodromo o un indizio di un possibile crimine, in modo tale che il giornalista...

– Possa scrivere sul proprio giornale una montagna di illazioni, proprio a causa del fatto che nessuno dei cittadini di cui sopra ha visto una bella sega – completò Massimo. – E questo non perché abbiano dieci diottrie presi tutti e quattro assieme, ma perché parlano solo ed esclusivamente per sentito dire.

– Io stavolta non c'entro nulla – si difese Aldo, a mani alzate.

– Appunto. Nemmeno loro – terminò Massimo, indicando i rimanenti tre vegliardi.

Il cronista, leggermente infastidito, si alzò.

– Lei se ne intende di giornalismo?

– No, mi dispiace. Io per vivere lavoro.

– Lasci allora che le spieghi come funziona il mio mestiere. Si parte da un nonnulla, da una fluttuazione, da un umore, da qualcosa di sentito non si sa come e non si ricorda bene da chi –. Il giornalista, dopo aver fatto uno svolazzo in aria con la mano, picchiettò con l'indice al centro della pagina. – E alla fine si arriva al testimone diretto, alla persona interessata. A quello che ha realmente voce in capitolo. Se le può far piacere, sappia che uscito di qui andrò direttamente a sentire cosa ha da dire in merito il signor Benedetti.

– Mi fa piacere sì – confermò Massimo. – Anzi, mi dà la mia occasione per contribuire direttamente al suo articolo. Ho saputo infatti da fonte diretta e affidabile, ovvero un investigatore in forza alla Polizia di Stato, che il signor Benedetti è un energumeno delle dimensioni di un armadio quattro stagioni, che tende a innervosirsi se provocato e che veste sempre in pantaloni, camicia e roncola. Io, se fossi in lei, le domande le farei da lontano.

– Terrò presente – disse il dottor Brunetti, con un sorriso tirato. – Bene, arrivederci, signor Ampelio. Arrivederci, signor Pilade. Arrivederci, signor Gino. Arrivederci, signor Aldo, e... Arrivederci – terminò, un attimo prima di uscire, rivolgendosi non si sa a chi. Presumibilmente, al biliardo.

Passò qualche secondo, prima che Massimo aprisse bocca.

– Voi non siete normali.

– Io? – rispose Ampelio, sentendosi giustamente chiamato in causa. – Te, casomai, non sei normale.

– Questo lo so da solo, grazie. Intendevo che ogni tanto, nella vita, bisogna anche usare il cervello.

– Va bene, Massimino – disse Gino, conciliante. – Noi si sarà senza cervello, ma te sei senza còre. Qui si parla d'una perzona che è stata ammazzata.

– Ho capito. Benissimo –. Massimo si incamminò verso la sala principale. – Allora, per fare in modo che il numero delle persone uccise a Pineta questa settimana non aumenti, fatemi il favore di mettervi a giocare a biliardo, o a briscola, o qualsiasi altra cosa da vecchi. Basta che per qualche ora non vi veda. E non vi senta.

Il resto del pomeriggio era trascorso abbastanza tranquillamente.

Spontaneamente, senza opporre resistenza, le quattro avevano travasato i propri minuti nelle cinque, e le cinque si erano docilmente convinte a diventare le sei, come testimoniato, oltre che dall'orologio del BarLume, anche dal suono della televisione, che giungeva attutito dalla sala biliardo annunciando puntualmente con una musica tipo Giorgio Moroder suonata su pianola Bontempi l'inizio del programma «L'occulto racconta». Star indiscussa del programma, uno dei preferiti in assoluto dai vecchietti, il truccatissimo negromante Ofelio, il quale, grazie alla sua capacità nell'interpretare i tarocchi, non disgiunta dalla sua peculiare abilità nel parlare con i morti e nel farsi rispondere da essi, ti diceva che eri becco in diretta tv. Il divertimento principale dei vecchietti, oltre alle mitologiche incazzature di Ofelio, era tentare di riconoscere dalla voce al telefono il gonzo di turno, cosa che avrebbe generato, in caso di unanimità o maggioranza assoluta, una bella tornata di gossip.

Mentre i vecchietti erano davanti al televisore, e Aldo nella sala del ristorante stava finendo di controllare l'apparecchiatura, Massimo e Tiziana dietro al bancone stavano preparando per l'aperitivo.

C'erano giorni, la maggior parte dei giorni, in cui Tiziana era in forma, ed era un piacere ballare insieme il tango del barista sulla stretta passerella dietro al banco, con le gambe che si avvicinavano, evitandosi ruotando in modo coordinato con il moto ondoso delle anche, mentre i visi divergevano e le spalle guardavano altrove, verso i clienti inconsapevoli, che vedevano solo la parte di sopra di chi li serviva, dal busto in su.

Oggi, invece, la ragazza era distratta, i movimenti fuori ritmo e lo sguardo che si perdeva spesso al di là della porta a vetri, nel tipico atteggiamento di chi aspetta qualcuno. Col risultato che la coordinazione andava a escort, e invece del tango dietro il bancone si ballava qualcosa di simile alla breakdance: urti, fermate improvvise, movimenti spezzati, e inviti reciproci a una sessualità più esplicita e meno consenziente di quella sottintesa nel ballo argentino per eccellenza.

– Tiziana, per favore – chiese Massimo, a un certo punto – ce la fai a non cogliermi i malleoli tutte le volte che apri quello sportello?

– Sì, scusa – rispose la ragazza, con gli occhi che dardeggiavano al di là della porta a vetri. – Ecco, vanno bene qui i crostini?

– Sì, aspetta un attimo... Ecco – disse Massimo, spostando il piatto con i crostini alla mousse di branzino di dodici fondamentali millimetri più a destra. – Buono. Ora ci manca solo la tempura, e abbiamo finito. C'è qualche problema?

– No. No, no – rispose Tiziana, continuando a guardare fuori.

– Donna bianca parlare con lingua biforcuta – rispose Massimo, girando di un ottantesimo di grado il tagliere con i cubetti di mortadella avvolti in una fettina di lime. – Se ne sono accorti anche dal porticciolo che sei preoccupata per qualcosa.

– Ma no, lascia perdere – disse Tiziana. – Sono fisime mie.

Massimo, dopo aver disposto le tre coppette con le salsine – hummus, tzatziki e un'altra roba che Tavolone gli aveva spiegato essere una crema di melanzane e menta il cui nome non imparerò mai – in un perfetto triangolo equilatero a circoscrivere la ciotola coi crostini, continuò senza guardare Tiziana negli occhi:

– Se non fossero affari miei, non mi permetterei mai, e lo sai. Ma siccome in questo bar ci lavori, mi sento in dovere di dirti che hai ragione.

– Ho ragione a fare cosa?

– A pensare che Marchino venga a fare l'aperitivo qui anche stasera.

– Te ne sei accorto anche te?

No, veramente se n'è accorto Aldo, ma col cavolo che perdo l'occasione di attribuirmi il merito di un'osservazione sagace.

– Non era difficile, sai – disse Massimo, annuendo con l'aria saggia di chi sa come va il mondo. Tiziana fece una faccia amara.

– Fantastico.

– Non è certo colpa tua.

– Non è che questo risolva il problema.

– Aspetta e spera, bimba – disse Ampelio uscendo dalla sala biliardo, e interrompendo così il duello di litòti. – Con luilì ce n'è sempre uno, di problemi. 'Un gli va mai bene nulla. Se gli regalassero un miliardo in contanti dentro una valigia, avrebbe da ridi' sul colore della valigia.

– Senti lì da che pulpito – sorrise Tiziana, lieta dell'allegra inconsapevolezza del vecchiaccio. – Com'è Ofelio oggi, in forma?

– Macché – disse Ampelio, scuotendo la testa con commiserazione. – 'Un c'è mìa più Ofelio. Pare l'abbiano licenziato per quella storia dei negri.

Prima che la vostra sordida immaginazione vi porti troppo lontano, sarà bene precisare che i negri in questione erano stati usati da Ofelio solo come aggettivo.

L'occultista, infatti, aveva concluso una delle sue solite intemperanze verbali nei confronti di un interlocutore che parlava italiano in modo incerto, con un timbro vocale ampio e alcune evidenti difficoltà nel pronunciare le consonanti dentali, affermando con sicurezza «Io 'un so voi, ragazzi, ma io i negri quando parlano alle vorte 'un capisco una sega». Conseguente e sacrosanta indignazione popolare, e immediato licenziamento dell'occultista da parte di TeleLitorale, per mezzo di una meravigliosa conferenza stampa nella quale una responsabile del network, leggendo evidentemente da un testo corretto con il correttore automatico, aveva descritto Ofelio come «afroamericanomante».

– E allora cosa lo guardate a fare?

– To', dovresti vede' chi c'è ora – rispose Ampelio. – Atlante il Luminoso, signore degli inferi.

– Atlante il Luminoso? – chiese Tiziana. – Mamma mia, che carriera. Ora gli fanno fare anche il programma in televisione?

– Non sapevo tu ti occupassi di occultismo – disse Massimo, asciutto. – Guarda che siamo d'accordo, io e Aldo. Il contratto prevede la riduzione di stipendio e pubblica sconfessione in ginocchio sui ceci armeni nel caso in cui il dipendente si riveli un babbeo.

– Ma figurati – rispose Tiziana. – Lo conosco perché questo tipo in paese è famoso. Dicono che sia infallibile.

– È ovvio – rispose Massimo. – Chi ci è andato, e si è sentito dare la risposta giusta, l'ha detto a mezzo mondo. Chi si è sentito dire una cosa a caso, e magari ha

scommesso tutti i suoi averi sul trentaquattro sulla
ruota di Napoli, secondo te è andato in giro a dire che
aveva chiesto consiglio al mago?

– De', davvero – chiosò Ampelio. – Io, a penza' che
c'è ar mondo della gente che dà 'vaini ar mago, ni toglierei i diritti civili. Vai dar mago, e vòi vota'?

– Sissì – ridacchiò Tiziana. – Intanto siete tutti e tre
di là, belli schierati. Prima almeno Ofelio faceva ridere.

– Ma anche questo vì, fidati. Tanto fa pòo ride', vede'
in televisione uno che conosci tutto bardato da cartomante, cor turbante e l'unghie truccate –. Ampelio fece un gesto con una mano a remare verso l'alto, all'indietro, mimando tempi passati da parecchio. – Però quando lo conoscevo io ancora co' morti 'un ci parlava. E quand'era
giovane, se si presentava alla punzonatura con l'unghie truccate, lo prendevan per ir culo anche i gabbiani.

– Cioè, mi vuoi dire che te questo tizio lo conosci
di persona?

– Hai voglia te – confermò Ampelio, allungando con
nonchalance la mano verso le rotelle di liquirizia. – Ma
vedrai te lo rammenti anche te. Te lo ricordi il Barbadori, quello che correva cor Bucciantini?

– Si parla di ciclismo, presumo – spiegò Massimo. –
E, nonno, lascia stare la liquirizia. Hai la minima a novantacinque.

– Vorrà di' che la faccio arriva' a novantasei – ribatté
Ampelio, scartando. – Se vòi fa' quarcosa per abbassam-
mi la pressione perdavvero, paga alla tu' nonna una gita
d'un mese. Dove ti pare a te, guarda. Se è in un posto
dove c'è i leoni è meglio. Inzomma, questo Barbadori me

lo riòrdo bene fra' dilettanti quand'era giovanotto, che era uno scalatore di vèlli forti. Ciaveva un cambio di passo che ti sbriciolava, se tutt'a un tratto decideva che doveva anda' via, non sentiva storie e andava via.

– E sicché se ne andava quando gli pareva – disse Tiziana, sempre sorridendo. – Però se ora legge i tarocchi in televisione, mi sa che troppo lontano non dev'essere arrivato.

– Ebbe de' problemi di doping – rispose Ampelio, usando l'unica parola inglese che era in grado di pronunciare correttamente. – Era un po' d'anni fa, che cominciarono a controllare anche le gare de' dilettanti e dell'amatori, e lui passò delle grane grosse.

– Ma perché, c'è il doping anche fra gli amatori?

– Anche? È proprio lì che c'è le peggio cose! – Ampelio scosse la testa, disilluso. – Guarda, Tiziana, io ir ciclismo de' dilettanti l'ho sempre seguito, e non hai idea di 'osa ho visto. E più si va avanti, più si peggiora. Quand'ero giovane, vedevo la gente che nella borraccia ciaveva la simpamina sciolta nel caffè. Ma perlomeno erano adurti. Ora danno le peggio 'ose anche a' bimbetti.

– E insomma, questo tizio smise di correre.

– De'... – confermò Ampelio. – Sai, stava per passa' professionista, e pratiamente finì lì. Dice abbia anche provato a tirassi una revorverata.

– E ora fa il mago in televisione – terminò Tiziana, versando un bicchiere di minerale e mettendolo davanti ad Ampelio, mentre anche Pilade faceva il suo ingresso dalla porta della sala biliardo. – Allora Pilade, guarda anche lei il mago nuovo?

– Lo guardo sì – disse Pilade, dopo un attimo di silenzio.

– Dice sia diventato 'nfallibile, sai? – rimarcò Ampelio, guardando l'amico. Il quale girò brevemente la testa verso il televisore, al di là della porta, prima di voltarsi nuovamente verso il bancone.

– Ah, dice sia 'nfallibile?

– Pare che lo dica mezzo paese – disse Massimo, con solennità.

Pilade soppesò l'affermazione, tentennando gravemente il capo. Poi, fatto con il pollice un cenno verso lo schermo, guardò Massimo negli occhi.

– Allora vedrai che da domani lo guarda anche vell'artro mezzo.

– Come vi ho spiegato, i defunti che mi onorano dei loro consigli mi hanno detto di sapere dove si trova la signora Benedetti. Ma i miei contatti, gli spiriti che mi guidano dall'aldilà, non parlano in modo che li si possa intendere con immediatezza.

Seduto dietro a una scrivania ricoperta da ventagli di tarocchi, un omino rasato a zero, con le guance pienotte e gli occhi penetranti, giunse le mani con aria addolorata e consapevole.

– Se la signora Vanessa si fosse presentata a me come mia cliente, e io avessi avuto con lei un accordo di riservatezza professionale, come con tutte le persone che mi vengono a chiedere di aiutarle, io non potrei mai dirvi quello che vi sto dicendo. Se, lo ripeto, la signora Vanessa si fosse presentata a me perché aveva paura che il marito potesse in qualche modo farle del male o che potesse, forse, un giorno, anche toglierle la vita.

Atlante il Luminoso, al secolo Marcello Barbadori, aprì le mani con gesto ieratico, studiato. Dopo un attimo di silenzio assoluto, sia in studio che al bar, il cartomante continuò:

– Questo non mi riguarda professionalmente, ma solo come cittadino che gode di privilegi speciali, in quanto ha l'immeritata fortuna di poter dialogare con il Mondo di Coloro che Sanno. Quello che i miei spiriti guida mi hanno rivelato, io sento di dover rivelare. E questo, lo ripeto, è quello che gli spiriti mi hanno fatto sapere. Che la signora Vanessa si trova nei pressi di un lago, accanto a un castello, non molto distante dal centro del mondo. Questo è quello che mi è stato comunicato, e questo è quello che posso dire con sicurezza.

Dopo qualche ulteriore attimo di pausa, che Atlante il Luminoso impiegò puntando sui telespettatori lo sguardo più ipnotico del suo repertorio, il chiaroveggente chiuse gli occhi con aria sofferente.

– Mi perdoneranno, i miei amici che mi ascoltano da casa e che mi seguono con affetto anche alla televisione, se per oggi non me la sento di affrontare con voi altri argomenti, e di rispondere alle vostre telefonate. Vi affido alla bontà e alla sapienza dei trapassati, come ogni giorno, come ogni sera, come sempre è stato fatto, e come sempre si farà.

– Ha detto questo?
– Ha detto proprio questo.

La commissaria, allungando la mano, avvolse le dita intorno al proprio analcolico al sedano.

– Cioè, avrebbe detto che la signora Vanessa Tonnarelli in Benedetti sarebbe vicino a un lago nei pressi di un castello non troppo lontano dal centro del mondo?

– Esattamente in questi termini.

– E questo tipo viene ritenuto infallibile?

– Ò, 'un ce lo siamo mìa inventati noi. Lo dice mezzo paese.

La commissaria, con la cannuccia, dette una ciucciatina circospetta al liquido verde pallido. Intorno, finalmente sicuri di aver isolato la preda, i quattro vecchietti la guardavano come un branco di lupi pronti ad aspettare il permesso del capobranco per poter finalmente azzannare. Con la dentiera, ma senza pietà.

Dopo una ulteriore ciucciatina, ancora meno convinta, la Martelli abbassò gli occhi.

– Voi conoscete il significato della parola «mitomane», vero?

– Dio bòno – confermò Ampelio. – Ci se n'ha avuto uno ar governo per vent'anni.

– Ecco, se io mi presento dal piemme e gli chiedo di poter interrogare questo signor Atlante il Fosforescente, secondo voi che cosa mi dice? Vada vada Martelli, brillante intuizione, di sicuro lui sa di cosa sta parlando? Oppure: Senta Martelli, lei ha davvero intenzione di dare credito a un qualsiasi esaltato che è convinto di parlare con Lady Diana d'Inghilterra?

– La seconda che hai detto, temo – esplicitò Massimo, mettendo l'ultima tazzina sul vassoio.

– Bello udire la tua voce – disse Alice in tono lievemente canzonatorio. – Allora, sentiamo: la tua opinione?

– La mia opinione è semplice – rispose Massimo, asciutto. – Non sono affari miei.

– Ma per cortesia – replicò Alice, aprendosi nel suo sorriso da volpe. – È da quando ci siamo messi in sala biliardo che ci giri intorno. Ci hai messo cinque minuti per mettere tre tazze su un vassoio. Secondo me un paio di volte le hai anche appoggiate e levate.

Maledette femmine. Sborniato un'altra volta.

– Allora, allora? – incalzò la commissaria. – Cosa ci dice il gerente?

Massimo si rassegnò, e prese una sedia. Visto che siamo a ciacciare, tanto vale mettersi comodi.

– Più che altro bisogna guardare che cosa non ci dice il caro Atlante – disse, mentre appoggiava le mani sui braccioli. – Quello, un pochino, mi incuriosisce. Per essere più precisi, è la preterizione.

Tre vecchietti voltarono la testa verso il quarto. Aldo, te che sai la cultura, cosa vorrebbe dire questa parola lunga e minacciosa?

– Preterizione – ripeté Aldo. – Mamma mia. Non la sentivo usare dalla quinta superiore. È una figura retorica nella quale si finge di omettere l'argomento del quale in realtà stiamo parlando.

– Aaaah... – fece Gino, con la tipica espressione di chi non ha capito una sega.

– È come quando dici «Non voglio certo insegnare niente a nessuno» mentre invece stai spiegando a uno cosa deve fa' per filo e per segno, sennò è un casino – spiegò Pilade, tagliando largo. – Ha ragione Massimo, l'avevo notato anch'io.

– Cosa?

– Che coso, lì, Atlante il Luccicante, ha detto bello ricalcato che la signora non era sua cliente, e che se mai si fosse presentata da lui perché aveva paura che il marito la garrotasse lui in televisione 'un ci sarebbe potuto anda'. Ir che significa solo una cosa.

– To', hai ragione – approvò Ampelio.

– Cioè, inzomma, signorina, 'un so se l'ha capito, ma secondo Massimo la signora era sua cliente perdavvero – spiegò con cortesia Gino, fuori tempo massimo come al solito.

La commissaria, prima di rispondere, guardò Massimo rapidamente. Forse è un po' tirata per il riporto, come ipotesi.

– Allora – cominciò, il che significava che stava per deludere le aspettative di qualcuno, come spesso accade quando si inizia una risposta con tale congiunzione. – La cosa mi sembra un tantinello forzata. Secondo voi, questo cartomante sta dicendo che la signora era sua cliente. E lui, chiaramente, non può dirlo. Ma, al tempo stesso, si fa pubblicità.

– Sì, ma ir problema è – continuò Gino, indomito – visto che la signora Vanessa è andata dar cartomante perché aveva paura che ir marito la stempiasse, non è che questo pol'esse' conziderato già un motivo per fa' parti'...

– E chi me lo potrebbe confermare, a livello ufficiale, che la signora è andata davvero da questo tizio,
mi dica? – La commissaria scosse brevemente la testa. – Lui, in televisione, ha appena detto il contrario. Il marito, la vedo dura. La signora, al momento,
pare sia irreperibile. L'unica cosa che potrei fare è andare dal cartomante, ispezionare le carte e vedere se
rilascia fattura.

La delusione si fece largo sulle facce dei vecchietti;
cosa che del resto nel nostro paese, a chi chiede il ri-
lascio di una qualsiasi ricevuta, capita spesso.

– No, ragazzi. La cosa mi sembra veramente campa-
ta in aria. Però un piccolo tentativo, forse, non nuoce.

La commissaria dette una ulteriore ciucciata alla cannuccia, dopo di che alzò lo sguardo verso l'arzillaia.

– Io, a livello ufficiale, non posso fare nulla. Non posso nemmeno usare il servizio di indagine telematico. Ma,
se non ho capito male, qualcuno di voi questo mago lo
conosce.

Le facce dei vecchietti si aprirono in un sorriso a otto dentiere.

– Ecco, l'unica cosa che possiamo fare, adesso, è cercare di capire a livello ufficioso un po' di più su Marcello Barbadori alias Atlante il Fotonico. E, nel frat-
tempo, stare ad aspettare gli eventi. Qui, per muover-
mi, è necessario che qualcuno denunci, oppure...

– Oppure?

Eccolo di nuovo, il sorriso di volpe. Sorriso che cam-
biava completamente l'impressione che faceva la ragazza, e che trasformava la commissaria in Alice nel giro

di un tempo talmente breve che non vale nemmeno la pena di cercare termini di paragone.

– Senta, Aldo, lei mi dovrebbe fare una cortesia.

– Ai suoi ordini – rispose Aldo, galante. D'altronde, è una donna che sorride. Come fai a dirle di no?

– Oh, bene. Mi piace la gente col senso delle gerarchie. Mi dica, le persone di cui mi parlava l'altro giorno, gli ospiti dell'agriturismo, sono per caso ritornati a mangiare qui?

– Sempre, ormai. Li aspetto anche stasera per cena.

– Ottimo, ottimo. Che c'è?

Massimo, mentre Alice – tornata per un momento commissaria – lo guardava, si chiese brevemente cosa cavolo avesse fatto di esplicito per manifestare il proprio disagio.

– Scusa se mi permetto di interferire col tuo lavoro... – anche se mi sembra che la cosa non ti secchi affatto – ... ma nel caso in cui tu stessi pensando di organizzare qualcosa di illegale all'interno del ristorante, vorrei che fosse messo agli atti che io non sono d'accordo. E, vista tutta la fatica che stai facendo per mantenerti nella correttezza, francamente non lo capisco.

Il sorriso di volpe tornò a intiepidire il viso della ragazza.

– Nessuna procedura illegale, bello mio. Te lo ricordi Alberto Tomba?

– Intendi lo sciatore?

– Non ho memoria di nessun capo di Stato che si chiami Alberto Tomba – continuò la commissaria. – Ecco, io ho intenzione di fare esattamente come Tomba, quando notò che i paletti dello slalom speciale non erano più di legno, ma di plastica, leggeri e con la base flessibile. Si perdeva molto meno tempo ad andar loro incontro per abbatterli, restando sempre coi piedi dalla parte giusta, che non girandoci intorno con cautela. Te lo ricordi cosa succedeva?

– Certo. Una rapida ed inesorabile discesa verso il basso.

– Due secondi di vantaggio su qualunque avversario – corresse la commissaria, che pur continuando a sorridere ridiventò commissaria con gli occhi. – Con qualche culata per terra, certo. A volte capita. Stiamo indagando su una persona scomparsa. Non possiamo permetterci di perdere altro tempo, o di preoccuparci della nostra infallibilità.

Massimo, poco convinto, voltò le palme verso l'alto.

– Io non ne voglio sapere niente.

La commissaria allargò il sorriso di mezzo dente.

– Tranquillo, nessuno ha chiesto il tuo aiuto.

Trentasei diviso sei

– Allora, com'è andata?

– Bene, bene –. Aldo alzò gli occhi dal quadernetto. – Abbiamo fatto ventotto coperti. Venti in primo turno, e poi c'è stata una tavolata da otto persone che sono arrivate alle undici. E hanno ordinato otto cose diverse.

– Chissà Tavolone com'era contento.

Aldo, riportando gli occhi sul quadernetto, ridacchiò. Intorno, la sala del Bocacito sorrise a sua volta, a mezze luci.

Ogni sera, il Bocacito funzionava a pieno regime e a luci accese fin quando l'ultimo cliente non era uscito dalla porta e si era portato fuori contatto visivo, scomparendo al di là dell'angolo. Fino a quel momento, il personale di cucina restava in cucina, quello di sala in sala, e ognuno era pronto a qualsiasi richiesta. Solo dopo, quando il locale era rimasto solo con se stesso, Aldo smorzava le luci, si arrotolava le maniche della camicia e cominciava a fare i conti del fondo cassa. Era, secondo lui, un segno di rispetto verso i clienti. Io non servo tutti quelli che entrano, aveva spiegato una volta a Massimo: io servo ogni singola persona che entra. Non c'è niente di peggio che finire di cenare con il cuoco in grembiulone bisunto che si fa il caffè dietro il bancone, mentre l'oste e i camerieri si stravaccano al tavolo in fondo, visibilmente in attesa che tu ti levi dai coglioni.

– Era peggio quando in cucina ci si giocava a carte. Tavolone incazzato col cliente significa che almeno c'è un cliente –. Aldo alzò gli occhi dal quadernetto, chiudendo la penna. – Tanto, prima o poi, s'incazza comunque. Meglio col cliente che con me.

– È successo altro?

Aldo fece finta di pensare per qualche secondo.

– Ecco, sì. Bisognerebbe capire se è il caso di riordinare il tonno rosso. M'ha telefonato Gigli che ne ha un trancio da cinque chili. Tutto rosso, niente buzzonaglia. Il problema è che c'è la chiusura di mezzo...

– Non vedo il problema. Se non l'ha già congelato va benissimo. Si divide in cinque, si fanno cinque pezzetti da un chilo, e si mettono nell'abbattitore.

Aldo scosse la testa.

– Certo, se me l'avessero detto quand'ero giovane, che avrei venduto pesce congelato...

– Abbattuto, prego. C'è una differenza sostanziale –. Massimo si alzò dalla sedia. – Se poi preferisci fare il sushi di tonno appena pescato ancora caldo, brulicante di vibrioni in piena forma, non c'è problema. Solo che te lo fai a casa tua. È la legge.

– Eh già, è la legge.

Seguì qualche secondo di silenzio pesante.

– Bel tentativo, comunque – disse Aldo, alzandosi per andare a prendere la giacca.

– Quindi non hai intenzione di dirmi niente?

– Nulla di nulla. La signorina commissaria è stata chiara –. Aldo mimò la gestualità di Alice, con maestria da attore consumato. – «Non ne vuole sapere niente? Allora non ne saprà niente. Chi gli dice qualcosa, lo incrimino».

– Pugnalato alle spalle dal mio stesso socio – disse Massimo con finto pathos. – Fra me e lei, vai a scegliere lei.

– Devi ammettere che non c'è confronto – rispose Aldo, stando al gioco.

– Sei vecchio – rintuzzò Massimo.

– Io sì – rispose Aldo, senza guardare Massimo. – Te, no. Buonanotte, mio valido socio.

Buonanotte.

Buonanotte un cazzo.

Affacciato alla finestra, fumandosi l'ultima sigaretta della giornata, Massimo guardava attraverso il buio discreto dei lampioncini il suo pratino rasato di fresco. Ovvero, l'unica cosa in ordine della sua vita privata.

All'inizio, il trasferimento dalla città a Pineta aveva infuso a Massimo una specie di entusiasmo giovanile. Aveva ricominciato a radersi tutti i giorni e aveva arredato la casa con una parvenza di civiltà, buttandosi in particolar modo sul giardino: la parte della casa più giovibile, in quanto all'aria aperta, alla luce del sole e meno soggetta ai miasmi mefitici del Gorgonoide, la creatura paraumana che il destino vigliacco gli aveva assegnato come vicina di casa. Una specie di orco in vestaglia e pantofole che, invece di far bollire in misteriosi calderoni misture di erbe selvatiche e cadaveri come ogni orco che si rispetti, passava il tempo a friggere in padelle monumentali, stratificate di grasso di dinosauro, ogni oggetto edibile che le passava tra le mani.

Il resto del tempo, il Gorgonoide lo passava tra pulizie di casa e incomprensibili telefonate ai figli in quello che Massimo aveva concluso essere dialetto abruzzese. Il tutto rigorosamente con la televisione accesa in sottofondo e sintonizzata sui peggiori programmi pensabili: talk show in cui degli ebeti contraddicevano Darwin con la loro sola presenza, talent show in cui il talento era presente solo nel titolo del programma, oltre a tutto quel genere di trasmissioni grazie alle quali, attraverso le disgrazie e le assurdità altrui, puoi bearti della tua presunta normalità. Cose come le storie del dimagrimento di ciccioni statunitensi spropositati, rimirando i quali finisci per consolarti pensando che in fondo sei solo obeso, e altra roba che l'intelletto umano si rifiuta di guardare, pur essendo benissimo in grado di produrla.

Al momento, per esempio, il tozzo di carne umana si stava sparando un bel programmone sulle persone sparite misteriosamente; e, guarda caso, stavano parlando proprio di Vanessa Tonnarelli. Massimo, a folate, riusciva a cogliere alcuni brandelli del servizio.

«... *ripetiamo, quindi. La cena, organizzata. Il cibo, comprato. Tornerò verso le cinque, ha promesso la mattina agli ospiti dell'agriturismo. Eppure Vanessa Tonnarelli, quel-*

la sera, non torna a casa. Non torna per le cinque, e non tornerà per tutta la notte. In mezzo, la furibonda litigata con l'ex marito, Gianfranco Benedetti, della cui conclusione però il marito è il solo e unico testimone. Da questo momento in poi, di Vanessa Tonnarelli si perdono le tracce. In una parola, scompare. E di lei...».

Scompare. Buffo. In lingua parlata, significa sparire. Negli articoli di giornale, significa che sei morto da tempo. Ripercorriamo il giorno della tragica morte di Michael Jackson, a un anno esatto dalla scomparsa. Eh, sì: a volte la nostra lingua è ambigua.

«... salienti di Vanessa Tonnarelli, al momento della scomparsa: altezza, un metro e settanta. Corporatura robusta. Capelli biondi, a caschetto. Porta un piercing al labbro inferiore. Chiunque l'avesse vista...».

Certo, poi, a volte questa ambiguità ti aiuta. Ti fa saltare alle conclusioni, senza troppi giri di pensiero. È scomparso, quindi è morto. Come Vanessa Tonnarelli. Inutile farsi troppe illusioni. Sono passate più di quarantotto ore.

«... non aveva amici, Vanessa Tonnarelli. Lei e il coniuge vivevano una vita ritirata, occupandosi del loro agriturismo. Ma questo non conta per la comunità di Pineta, che chiede a gran voce di conoscerne il...».

E se è morta, è molto probabile che davvero l'abbia ammazzata il marito. C'erano i venti quintali di carne poi inutilizzati, è vero, c'erano i litigi, certamente. C'era il marito, o ex marito e ora convivente, che si rifiutava di denunciarne la scomparsa in modo del tutto incomprensibile. D'altra parte, è possibile uccidere tua moglie perché ha comprato troppa carne? Hai voglia. C'è gente che si scanna per un parcheggio. Magari sono settimane che quella ti fracassa i coglioni, e giustamente, ricordandoti la storia del finto divorzio. E come tanti, non capisce il momento in cui fermarsi. Non capisce che c'è un attimo in cui cessa il rimprovero, e comincia l'accanimento. Basta un niente per litigare, anche un po' di carne comprata per far bella figura diventa la ciccia che fa traboccare il vaso. E a quel punto vince chi fa la voce più grossa. O peggio. Del resto, da uno che finge un divorzio per non pagare i debiti ti puoi aspettare di tutto. È anche vero che essere avari e ammazzare qualcuno sono due cose differenti. Non mi risulta che Zio Paperone sia mai stato accusato di papericidio.

I pensieri deprimenti, si sa, magari fanno il giro largo, ma non perdono mai la strada di casa. Basta un minimo appiglio, un collegamento apparentemente ridicolo, e loro si ripresentano, ancorandosi al fondale del tuo cervello come una nave: magari fluttuanti come posizione, ma impossibili da mandar via.

Qui, era bastato a Massimo pensare a Zio Paperone per ripiombare nello sconforto. Perché, dopo il primo momento di frenesia dovuto alla casa nuova, l'entusiasmo iniziale si era perso, grazie alla misteriosa forza dell'abitudine. E così, a furia di passare e ripassare sugli stessi gesti, Massimo si era scavato un solco all'interno delle proprie giornate. Esattamente come Zio Paperone, che lamentandosi delle sue perdite finanziarie cominciava a passeggiare in cerchio, finendo per scavare con i suoi stessi passi un solco a forma di ciambella; di dimensioni contenute, ma di cui non si vedeva la fine del cammino.

Pensare a quanto ci ridevo, da bambino.

E ora che invece ci si ritrovava, cominciava a rendersi conto non solo che esisteva, ma che diventava sempre più profondo, 'sto maledetto solco. Guardare al di fuori, dare un'occhiata al mondo reale, diventava sempre più difficile. Per non parlare di uscirne. Con le proprie forze, manco a pensarci. Ci voleva qualcuno dotato di tenacia, e di tanta pazienza, per tirarlo fuori. Purché arrivasse presto, prima del momento in cui non sarebbe stato più in grado di guardare al di là dei bordi, e avrebbe confuso la propria vita con il tunnel che si era scavato coi suoi stessi piedi, e non ci sarebbe stato più alcun motivo per uscire.

Ci sarebbe voluto qualcuno, per tirarlo fuori.

E invece, era solo.

Come tutte le notti, da una decina d'anni a questa parte.

Per cui, ribadisco: buonanotte un cazzo.

Anzi, mi correggo: buonanotte una sega. Volgare sì, ma con coerenza.

Sette

– Per me sono ottantotto.

– Io dico ottantanove. Gino?

– Per me sono novanta. Ampelio, ce la fai a anda' più in là di novanta?

– Anche se mòio prima 'un ti lascio nulla lo stesso. No no, novanta basta e avanza.

Erano le cinque di pomeriggio. Fuori il caldo ringhiava, non si muoveva un minimo refolo, e girando intorno lo sguardo non si scorgeva l'ombra di un tedesco, né un tedesco sotto l'ombra. Nemmeno sotto l'olmo la temperatura era accettabile per esseri viventi diversi dai ramarri e dai fiorentini.

Ma dentro il bar, sotto il gigaventilatore da incrociatore, era tutta un'altra storia. Oddio, non che brulicasse di vita, visto che gli unici occupanti del locale erano Massimo e i vecchietti, ma sempre meglio di niente. Scartata l'ipotesi del biliardo (il riscaldamento del piano va acceso per giocare, sennò le palle non scorrono, sembra di giocare sulla sabbia), il senato si era espresso unanime per una bella briscola in cinque, e l'unico deputato della camera (cioè Massimo) si era unito di buon grado.

– Allora, cosa s'è detto? – chiese Aldo, mettendosi a sedere.

– S'è detto che la prossima vòrta ci partecipi, all'asta, invece di dire al massimo mi fermo a settantuno – rispose Pilade con malagrazia. – S'è iniziato da mezz'ora, è l'ottava vòrta che vai a piscia'.

– Mamma mia quanto rompi – disse Aldo, senza scomporsi. – È caldo, bevo.

– E si vede che bevi, 'un dubita'. Se uno gioàsse a quer modo da sobrio, sarebbe da tiesseò – replicò Ampelio. – Tocca a Gino, ha detto novanta.

– Novanta? – Aldo sollevò le sopracciglia. – Sei un signore. E cosa chiami?

– Chiamo, chiamo... – Il Rimediotti dette un'occhiatina alle carte, tante volte fossero cambiate mentre non le guardava. – Chiamo il gobbo a denari.

– Io, se fossi in te, chiamerei la donna a fiori – disse Pilade, levando gli occhi dalle carte.

– To', mi garbi – disse il Rimediotti. – 'Un l'hai mìa vinta te l'asta.

– Pol'esse' – rispose Pilade, guardando fuori. – Però secondo me colla donna a fiori ci si diverte parecchio di più.

Gli altri quattro voltarono le teste verso l'esterno. Nella cornice della porta a vetri, al di là dell'olmo e della siepe, un raro esemplare di commissaria in vestitone stampato a fiori stava attraversando la piazza. E, da questa parte della piazza, ci sono solo l'edicola e il BarLume.

Alle cinque di pomeriggio, uno il giornale di solito l'ha già comprato, no?

La porta che separava la sala biliardo dalla sala principale del BarLume era perfettamente insonorizzata.

Questo, anni prima, lo aveva voluto Massimo espressamente, in modo tale che i quattro cari soprammobili di modernariato semoventi, nel corso delle loro partite, risultassero isolati dalla clientela sia a livello visivo che a livello acustico. La porta chiusa scongiurava il pericolo di vedere aggirarsi tra trentenni abbronzati e tatuati un Rimediotti in camicia a righine e pantalone all'altezza dello sterno, con tutta la macilenza in evidenza; ma c'era pur sempre il pericolo che le conversazioni da aperitivo, consistenti a quell'ora principalmente di inutili confronti a chi aveva la macchina più grossa, si trovassero ad interferire con gli imprevedibili ma prevedibilissimi bestemmioni carpiati dei tre rubapensioni più uno.

Di questa pensata, di solito, Massimo andava orgoglioso.

Oggi, invece, sapere la commissaria al di là della porta in riunione plenaria coi vecchiacci, senza avere alcuna possibilità di captare il minimo frammento di conversazione, lo irritava non poco.

Quaranta minuti.

Sono di là da quaranta minuti. Me li immagino, tutti e quattro belli tronfi intorno a quella lì che come minimo è seduta sul biliardo. Speriamo almeno si sia tolta le scarpe. Anzi, speriamo che qualcuno entri e chieda di poter fare una partita.

Invece, qualcuno uscì: per la precisione il Del Tacca, che si palesò da dietro la porta con una palla da biliardo in mano, e si incamminò verso il bancone facendo rotolare pigramente la boccia con le dita della destra.

– Buongiorno Pilade – lo apostrofò Massimo, con finta serietà. – Cosa fai, giochi a Terra e Sole?

– Quarcosa faccio, te 'un te n'occupa' – rispose Pilade. – E già che ci sei fai quarcosa anche te, bravo. Una sambuca colla mosca, un prosecco, un crodino... – Pilade sospirò – ... io piglierò un bicchiere di minerale, e la signorina Alice vuole un cappuccino, ar solito. Me li metti in un vassoio, li porto io.

– Ci mancherebbe. Datemi un minuto e arrivo.

– Allora, quello che adesso vi propongo è un do ut des – stava dicendo Alice, effettivamente seduta a gambe incrociate sopra il biliardo, mentre Massimo entrava con il vassoio carico di liquidi e schiume. – Io adesso vi dico quello che ho scoperto con lo SDI, su questo signor Barbadori alias Atlante il Luminoso, e voi mi raccontate un po' quello che nello SDI non si trova.

– Ma perché, l'indagine è partita ufficialmente? – chiese Massimo, con aria indifferente, posando davanti a Gino il prosecchino.

– Sì caro – rispose la commissaria. – Grazie al tuo socio, qui. Ma non è il caso di parlarne ora. Grazie.

– Prego – rispose Massimo, posandole la tazza di fronte. La ragazza, dopo aver assaggiato, si passò una puntina di lingua sul labbro superiore e riprese:

– Dunque, allora. Partiamo dai dati ufficiali. Marcello Barbadori, anni 49, nato a Scarlino, residente a

Pineta, sposato con Terje Luts, di anni 34, nata a Tallin. Qualcuno la conosce?

– Ha voglia lei – rispose Pilade.

– E quanto a voglie, ce n'è d'avanzo – ribadì Ampelio.

– La conoscete tutti, quindi?

– Ce n'è parecchi che la vorrebbero conoscere – ribadì Aldo. – Intendo in senso biblico.

– E come ti sbagli? – sorrise la commissaria. – Maschi. Acronimo per Maiali Schifosi.

– Sano istinto evolutivo – si difese Aldo. – Comunque sì, è persona nota. Non sapevo che fosse sposata col Barbadori. Non che faccia tanta differenza, comunque.

– A me 'un mi garba – disse Gino. – Cìa quest'occhi azzurri sembran di ghiaccio. È proprio uno sguardo che ti mette a disagio.

– De', se una 'osì ti guarda, ti mette a disagio sì – ridacchiò Ampelio. – Sembri la pubblicità dell'otto per mille alla Chiesa. Messo come sei, se una a quer modo ti guarda fisso, penzi che ti voglia prende' le misure per la bara.

– Ho capito, ho capito. La signora è una stragnocca. Altro, di interessante?

– È gelosa marcia del marito – aggiunse Aldo. – Una cosa imbarazzante. A guardarli, dovrebbe essere il contrario. Lei comunque lo marca strettissimo. Gli fa da segretaria, oltre che da moglie. Così controlla anche le clienti, tante volte gli venisse in mente di fare il galante.

– Ah, con le clienti che conosco io vedrai non corre rischio – disse Pilade.

– Ma perché, lei conosce qualcuno che c'è stato? – chiese Alice, voltandosi verso il Del Tacca.

– To', l'ho chiesto alla mi' moglie iersera, e è venuto fòri che una su' amica è stata lì a fassi fa' le carte – spiegò Pilade, aprendo le palme delle mani, come a dire che lui sulle amicizie della moglie non ci poteva fare nulla. – Mi cià fatto una testa come un pallone.

– De', si vede 'un eri tondo abbastanza...

– E comunque – Pilade ignorò Ampelio – secondo l'amica della mi' moglie, pare che questo tizio sia infallibile. Ci coglie in un modo impressionante. Che sian debiti o corna, non cambia nulla. Te vai lì, lui ti riceve, ti chiede di votatti le tasche, e ti dice: «Lei, se vuole, può non dirmi nulla. Se non si fida completamente, non mi dica per cosa è preoccupata. Solo i morti non mentono mai. Tutto quello che devo sapere su di lei, me lo dirà il fluido di cui i suoi oggetti sono impregnati». Poi ti porta in una stanza buia, e ti dice di stare in quella stanza per dieci minuti a pensare alla persona per cui ti sei rivolto a lui, che sia te stesso, o un altro. E poi ti dice di tornare dopo una settimana, e ne parlate.

Il Del Tacca allargò le braccia.

– L'amìa della Vilma c'era andata perché aveva paura che il nipote si drogasse. E questo tipo, dopo una settimana, le fa: «Lei ha paura che suo nipote frequenti compagnie perverse, e che queste lo possano indurre a drogarsi. Sorvegli suo nipote, signora: io posso solo vedere il presente, e questa settimana non è successo, ma non posso escludere che sia capitato, o che ricapiti». E una settimana dopo, frugando nello zaino, n'ha trovato una bustina piena d'erba.

– Ma per caso – chiese Ampelio – l'amìa della Vilma è la Jole der Tritone?

– Sì, propio lei.

– De', e ci vòle 'r mago per sape' che 'r su' nepote si droga – fece notare Ampelio. – E tanto è uno strusciamuri per scherzo. Se lo chiedeva a me, risparmiava parecchio.

– Sì, ma 'r punto 'un è questo – fece notare Pilade. – Lui non sapeva la risposta alla domanda, lui sapeva anche la domanda. E lei 'un n'ha detto nulla.

– Lei no – ribadì Ampelio, dubbioso. – Magari quarcun artro sì.

– E comunque, questa storia me l'ha detta anche Tavolone – si inserì Aldo. – Stessa procedura, stessi discorsi. Solo che dopo i dieci minuti di meditazione, il mago gli ha detto: «Signor Brondi, io non la posso aiutare. Ho interrogato i morti, e mi hanno detto che lei non ha niente di cui possa aver paura. Il mio intervento potrebbe solo peggiorare le cose. Vada sereno e confidi in chi veglia su di lei». E non gli ha preso un soldo.

– Anche Tavolone? – Ampelio scosse la testa. – Madonna, quanti scialucchi c'è ar mondo...

– È un istinto vecchio come l'uomo – disse Aldo. – Ti senti dire esattamente cosa hai bisogno di sentirti dire in quel momento. Questi tizi son degli psicologi, spesso. Hanno la capacità di capire cosa ti aspetti dalle tue reazioni più irrilevanti.

– E i loro clienti son dei babbei – chiosò Ampelio. – Io 'un ciò nessun bisogno di senti' per forza quello che spero di sentimmi dire.

– Lo dici te – rispose Aldo. – Chi è che son quarant'anni che compra «l'Unità?».

– Ora cosa c'entra «l'Unità» con questo discorso?

– Buoni, buoni – intervenne la commissaria, dalla innegabile centralità della sua posizione. – Comunque, quello che mi state dicendo conferma quello di cui già sospettavo, e di cui si parlava all'inizio.

Massimo drizzò le orecchie.

– Come vi dicevo, vale la pena indagare ammodino anche su questo signor Barbadori. Per voi sarà un ex ciclista, e per il popolo dei pinetani sarà un mago infallibile... – pausa, sorsino – ... ma per la legge italiana è principalmente un truffatore. Specialista nella cosiddetta truffa della gaussiana.

– Truffa della gaussiana?

– È una truffa di ambito finanziario – si inserì Massimo. – Funziona così.

Massimo prese due mazzi di carte da un tavolo, uno col dorso rosso e l'altro col dorso blu. Sedendosi di fronte ad Aldo, interlocutore privilegiato quando la spiegazione presupponeva un certo sforzo intellettivo, cominciò:

– Mettiamo che un giorno ti arrivi una lettera che ti dice, grosso modo «Caro signor Griffa, mi presento: mi chiamo Astutillo De Squalettis e sono un consulente finanziario. Consapevole della quantità di incompetenti e truffatori che girano nella mia professione, ma ugualmente desideroso di farmi pubblicità, le mando questa lettera a prova della mia competenza finanziaria. In questa lettera, nero su bianco, le garantisco che nella settimana prossima, dal giorno ics al giorno ipsilon, le azioni della FIAT saliranno». E, puntualmente, le azioni della FIAT la settimana dopo salgono. In seguito, ricevi un'altra lettera, dello stesso tizio, che ti dice che le azioni della FIAT la settimana successiva scenderanno. E tac, la settimana dopo scendono. E così via per un mese, con te che ogni volta ricevi una lettera che ti predice cosa succederà la settimana successiva. Dopo un mese, la lettera ti chiede se sei interessato a un consulto riguardante le tue finanze. Tu, di uno così, ti fideresti?

– Visto come l'hai messa, no – rispose Aldo. – Ma non saprei dirti perché. Se le ricevessi davvero, probabilmente, sì.

– E faresti male.

Massimo mise davanti ai quattro vecchietti una carta ciascuno, due rosse e due blu.

– La prima volta, il signor De Squalettis manda un certo numero di lettere a caso. Mettiamo che siano mille. In metà di esse c'è scritto che le azioni FIAT saliranno, nelle altre che scenderanno. E il nostro tiene traccia di chi ha ricevuto cosa.

Massimo tirò fuori due carte dal mazzo. Dopodiché, di fronte a Pilade e ad Ampelio, che avevano già ricevuto una carta blu ciascuno, depositò due carte. Rossa per Ampelio, e blu per Pilade.

– La settimana dopo, il nostro manda la lettera solo al cinquanta per cento delle persone che avevano ricevuto la prima lettera. Ovvero, solo quelli che hanno ricevuto la previsione giusta. E, anche stavolta, dà un colpo al cerchio e uno alla botte.

– Pilade, seòndo me ce l'ha con te – commentò Ampelio.

– Ma vai in culo – ribatté Pilade. – E restaci. Ho capito. Così, a questo modo, dei cinquecento che avevano ricevuto la previsione giusta, stavolta saranno in duecentocinquanta a ricevere una ulteriore previsione giusta.

– Esattamente – confermò Massimo. – E così via, finché ti ritrovi con settantadue gonzi e mezzo che si son visti arrivare una mesata di fila di previsioni esatte, e ti darebbero da investire anche la casa con tanto di figlioli dentro. L'unica precauzione che devi prendere è di mandarle a persone che non si conoscono. Devi mandarle in giro a caso, in tutta Italia isole comprese, e sperare in bene.

La commissaria, dopo aver approvato annuendo, girò lo sguardo verso il gerontile pubblico.

– Avete capito il tipo?

Assenso generale.

– Ecco, visto il tipo, e visto come l'ha messa in televisione, io non mi stupirei se davvero la signora Vanessa fosse andata da lui, per chiedergli se per caso il marito aveva intenzione di farle del male. Perché, se fosse così, ne verrebbe fuori un ricattino mica male.

La ragazza iniziò una complessa manovra per alzarsi dal tavolo senza dover essere costretta allo scoscio pubblico, cosa che eseguì con una certa atleticità, prima di continuare.

– È chiaro che questo Atlante ignora dove sia la signora Vanessa, ma è altrettanto chiaro come non gliene freghi un cazzo. A lui importa solo di poter dire al Benedetti: «Guarda che tua moglie aveva paura di te, e io lo posso dimostrare. Paga, o ti denuncio». E a quel punto le indagini scattano per forza.

– Sì, è plausibile – riconobbe Massimo. – Ma tanto mi sembra che siano scattate lo stesso.

Ovvìa, diglielo, dissero in coro le facce dei vecchietti voltandosi verso la commissaria.

– Ho solo chiesto ad Aldo una piccola informazione – disse la commissaria, mentre il sorriso di volpe riaffiorava. – Gli ho chiesto se poteva chiedere agli agrituristi, quando erano a cena, se per caso sapevano se il Benedetti aveva visto la trasmissione con Atlante, e cosa ne pensava.

– Capito. Meno male ce n'era uno che parlava italiano, vero? – disse Massimo, guardando Aldo.

– Ce n'è sempre uno che parla italiano – notò Ampelio. – Serve per tradurre gli ordini.

– E, se non l'aveva vista – continuò Alice – poteva chiedere a questo signore di informare il Benedetti del contenuto, per filo e per segno. Dopodiché, se per cortesia stamattina potevano passare in commissariato a raccontarmi cosa era successo.

Bene, è già qualcosa. Mi immaginavo delle cimici sotto il tavolo, oppure una commissaria nascosta fra le siepi del ristorante con un microfono direzionale tipo Diabolik.

– Ho capito. E quindi?

– E quindi, il Benedetti non era a conoscenza di nulla. E sai come ha reagito, quando gliel'hanno riferito?

– No. Come?

– Piuttosto scompostamente. Me lo hanno raccontato stamattina. Pare che abbia telefonato ad Atlante dicendogli che se lo avesse visto in giro lo avrebbe mandato a parlare coi morti senza più bisogno di cadere in trance. Pare anche che abbia citato coltelli ed altre armi da taglio in suo possesso, specificando come avrebbe potuto servirsene. In termini umani, un comportamento che la dice lunga. Da un punto di vista squisitamente giudiziario, un caso da manuale di minaccia. Minaccia aggravata. E perciò perseguibile d'ufficio, anche se riferita da terzi, senza che nessuno denunci nulla.

La commissaria, stirandosi con le mani il vestitone a fiori, si avviò verso la porta a passo elastico.

– Allora, signori, da adesso in poi la faccenda è nelle mani della giustizia. Vi ringrazio enormemente per il vostro aiuto. Al tempo stesso, credo sia inutile dirvi che qualsiasi tipo di indagine ufficiosa è fortemente sconsigliata.

– Stia tranquilla, signorina commissaria – disse Pilade, con un sorriso a gota tonda. – Finché si pòle fare il nostro dovere di cittadini, sempre a disposizione.

La commissaria, dopo un rapido cenno corale di saluto, uscì. Massimo, raccolti i bicchieri vuoti, si incamminò anche lui verso il salone.

– Allora ragazzi – si fa per dire, eh – sono quasi le sette. Spiace ricordarvelo, ma forse è meglio se cominciate ad avviarvi verso casa.

– Senti lì quant'è premuroso Massimo stasera – disse Ampelio, appoggiandosi bene al bastone per alzarsi. – Si vede che anche lui incomincia a penzare alla famiglia.

– Eeeh, d'artronde, quando s'incontra quella giusta... – tenne bordone Pilade mentre iniziava le complesse manovre per disincagliarsi dalla seggiola coi braccioli, annuendo con l'aria di chi la sa larga.

– Comunque, Massimo, come gusti 'un c'è nulla da dire, eh – ribadì Gino, annuendo con energia. – Un po' smilzina, ma bellina parecchio. E poi, diciamocelo, ci deve ave' anche un cervello guasi come 'r tuo.

– Si può sapere cosa state blaterando?

Pilade, ormai in piedi, si avvicinò a Massimo, caracollando.

– L'hai detto te prima, sono quasi le sette. E prima erano le cinque e mezzo. Quando sono entrato di là in sala cor una palla da biliardo in mano. Ora, lo vòi sape' come mai prima ciavevo in mano una palla da biliardo?

Se è fondamentale...

– Ciavevo in mano una palla da biliardo – ribadì Pilade, tante volte qualcuno si fosse perso – perché quando la commissaria m'ha detto di chiedetti un cappuccino, io n'ho detto che te dopo mezzogiorno ir cappuccino non l'hai mai fatto da quando hai aperto. E lo sai cosa m'ha risposto lei?

Mentre Massimo taceva, Pilade allungò la mano e prese la boccia in questione.

– M'ha messo questa palla in mano e m'ha detto: Pilade, se viene fuori con l'ombrellini da sole, te prendi questa palla e gliela tiri 'n testa. Testimonio io per te, che 'un c'entri nulla. Ora, dimmi un po': cosa c'è su quer vassoio?

– E glielo ha fatto anche bere sul biliardo, fra l'artro... – rincarò Ampelio, rivolto non si sa a chi.

– Per cui – concluse Aldo, col tono di chi prende atto – visto che non hai mai fatto un cappuccino fuori orario da quando hai aperto, e se qualcuno di noi brutti vecchiacci cattivi si avvicina al biliardo con una caramella in bocca gliela fai sputare, se ne deduce una cosa sola.

Sì. Che i vecchi andrebbero ammazzati da piccini.

Erano circa le una, e il Bocacito era rimasto vuoto, se si esclude l'impalpabile presenza di Arcangelo Corelli da Fvsignano, che riempiva il locale con le risonanze della sua *Sonata da chiesa*, op. 1, n. 3. Seduti al tavolino, apparentemente indifferenti alla melodia, Massimo e Aldo controllavano prosaicamente il fondo cassa mentre Tiziana, al ritmo soave degli archi, passava il cencio in terra ancheggiando. Uno spettacolo che la Chiesa, forse, avrebbe disapprovato, ma che avrebbe consolato non poco il buon Corelli.

Aldo, levandosi gli occhiali, si strusciò gli occhi, per poi guardare Massimo.

– Allora, torna tutto? Si chiude?

– Si chiude, si chiude –. Massimo si alzò, stiracchiandosi. – Giorno feriale, sala piena, e ho fatto centocinquanta aperitivi. Per ora, direi che non mi posso lamentare.

– Be', questa è una notiziona. Senti...

Massimo si fermò sullo stiracchiamento. Un «Senti» detto da Aldo in quel modo preannunciava sempre qualcosa di rognoso. Senza contare che, a quelle parole, Tiziana aveva smesso di ancheggiare e si era rialzata, le due mani strette attorno allo scopettone.

– Che c'è?

– Stasera c'era di nuovo Marchino.

– Solo?

– Con tre amici. Sono stati tutta la sera. E sentissi lui come decantava il locale. «Allora, bimbi, dove vi porto, eh? Nel meglio locale del litorale, vi porto. Vero o no?». Tutta la sera così. Sarebbe già da strangolarlo quando sta zitto, figurati in questo modo.

– Buono.

– Buono?

– Buono, buono –. Massimo si rilassò. – Non mi sembra esattamente l'atteggiamento dello stalker. Di solito quando uno vuol fare lo stronzo si presenta da solo. Se Marchino è venuto con gli amici...

– Io, Massimo, ho paura che sia tutto il contrario – disse Tiziana, interrompendo a metà la frase di Massimo. Cosa che significava solo che doveva essere tesa da scoppiare. Tiziana non interrompeva mai le frasi a metà. Era uno dei motivi per cui Massimo la apprezzava.

Massimo stette zitto. Tiziana, dopo qualche secondo, ruppe le cateratte.

– Marchino da solo e Marchino in compagnia sono due persone completamente diverse. E lo sa, perché gliel'ho detto tante volte. Quando era in casa, era un orso. La PlayStation, le partite, e stop. Quando è in compagnia, si trasforma. È brillante, è simpatico, ti fa divertire. E lo sa. Quand'è così, starci insieme è un piacere.

Massimo guardò Aldo. Il quale, invece, restò con lo sguardo e con tutto il resto del corpo rivolto verso la ragazza.

– Il problema di Marchino è che è viziato – continuò Tiziana, in una paradossale difesa del suo ex. – Ha sempre vissuto in casa, con la mamma e le sorelle che facevano tutto, e lui primogenito maschio che dettava legge. Lui tornava a casa ed era convinto che io avessi l'interruttore dietro la schiena. Due tacche, eh. Cuoca, o moglie. Ma fuori, quando si usciva, era completamente diverso. Era quello il Marchino che conoscevo.

– Sta sfoggiando le sue armi migliori, via –. Ci fu un momento carico di imbarazzo. – E, scusami se te lo chiedo, Tiziana, ma tu non hai la benché minima intenzione...

Tiziana prese lo scopettone a due mani, mettendolo di traverso, come se fosse un bastone da difesa.

– Guarda, Aldo, io sono cresciuta già con due fratelli più piccoli di me di dieci anni. E praticamente gli ho fatto da mamma io. Se mi sono sposata presto è anche perché avevo voglia di togliermi di casa. Non ho nessuna voglia di fare da mamma anche a un adulto. Io ho bisogno di una persona matura. Di uno che non abbia paura di non sentirsi un Vero Uomo anche se deve stendere i panni. Di uno come Massimo, per intenderci. Non me la sento proprio, a quasi trent'anni, di dover ricominciare daccapo a spiegare a uno a cui dovrei affidarmi per tutta la vita che deve alzare l'asse del cesso, prima di. E che cazzo.

– Ho capito – disse Aldo, annuendo lentamente. – E allora, che si fa?

– Si fa che la prossima volta che Marchino si presenta ci faccio una bella chiacchierata – disse Massimo, sperando di sembrare più tranquillo di quanto non fosse realmente.

– Massimo, forse è meglio se ci parlo io, che ne dici?

– Non mi sembra. Mi sembra che tu ci abbia già parlato chiaro una volta. Anzi, dopo quella volta, casomai è stato lui ad avere qualche difficoltà a parlare. Gli hai rotto due incisivi.

– Non l'ho fatto apposta.

– Lo so bene. Ma se non l'ha capita così...

Uno come Massimo.

Tornando a casa, a piedi, Massimo continuava a risentire quelle tre parole. E non c'erano santi, non c'era sentiero nel quale forzasse il proprio cervello che non ricapitasse su quelle tre parole.

Uno come Massimo.

Peccato che a Massimo non ci volesse una come Tiziana. O, meglio, non ci voleva Tiziana, punto.

Non una persona che aveva assunto a diciannove anni, che aveva visto crescere, a cui aveva insegnato una valanga di cose, e che considerava più o meno alla stregua di una nipote.

Tutto questo, chiaramente, era l'opinione del cervello di Massimo. E Massimo tendeva a dare ascolto principalmente al proprio cervello, che riteneva essere la sua parte del corpo più importante, più completa e meglio funzionante, senza forse rendersi pienamente conto di quale parte del corpo gli forniva per l'appunto tale opinione.

Ma c'erano anche altre componenti che avevano un loro peso, e in quel frangente non era facilissimo ignorarle.

Una volta, quando era al liceo, Massimo aveva letto un racconto di Woody Allen su un chirurgo che aveva una moglie intelligente e dolce, e un'amante completamente deficiente ma dotata di una carrozzeria esterna da urlo e di un istinto naturale alla porconeria in qualsiasi momento e a qualsiasi condizione.

Una notte buia e tempestosa, aveva portato queste due donne nel suo laboratorio segreto e ne aveva scambiato i cervelli, ottenendo così la donna ideale. Di cui si era, però, completamente disamorato dopo un mese, per invaghirsi di una hostess di campagna, il cui petto ossuto e il cui accento burino lo mandavano in estasi.

Pensare a quanto ci ridevo.

Per forza, ci ridevo.

Tanto, questi problemi non mi capiteranno mai.

Ogni cosa ti può far ridere o piangere, dipende se ti riguarda o meno.

Otto

La durata di una settimana dipende in modo sostanziale da quello che succede in quella settimana.

Una settimana in viaggio di nozze alle Maldive dura, effettivamente, una settimana, la quale una volta tornati a casa viene efficientemente compressa dal nostro hardware di ciccia in un ricordo pieno di rimpianto della durata di circa un giorno e mezzo, due al massimo, presumibilmente per salvare spazio in memoria. La quale, invece, quando si tratta di ricordarsi eventi ansiogeni o traumatici li registra con dovizia di particolari: ci sarà senz'altro un vantaggio evolutivo in questo, non è chiaro quale.

Una settimana lavorativa dura invece sette giorni, anche se di lunghezza variabile e non assegnabile secondo una regola precisa; una domenica può essere breve e meravigliosa come pure lunga ed alienante, e ognuno di noi attribuisce un significato diverso ad ogni giorno della settimana. Ci sono persino persone a cui piace il lunedì; tra queste, oltre a varie migliaia di parrucchieri, anche Massimo, che amava alzarsi la mattina presto per leggere il giornale quando il bar era ancora di sua esclusiva proprietà, e la

«Gazzetta» del giorno dopo il campionato è la più soddisfacente della settimana.

Una settimana all'ospedale con la gamba in trazione, impossibilitato a muoversi e costretto ad interagire solo con dottori, infermieri e parenti molesti che in condizioni di normale mobilità eviteresti come testimoni di Geova, dura invece centosessantotto ore. Ivi comprese quelle in cui uno di solito dorme, e che invece quando sei immobilizzato e costretto al riposo si fondono e si confondono con quelle di veglia, in un ininterrotto flusso di rottura di coglioni esacerbato dal fatto che ti hanno montato con una zampa all'insù, in una involontaria posizione di Pilates che ti fa sentire, oltre che inutile, anche alquanto ridicolo. Il tutto senza nemmeno poter contare su quella che è l'unica e regolare consolazione dell'annoiato immobile, ovvero l'ora dei pasti: visto e considerato quello che ti portano da mangiare in ospedale, se aspetti con ansia l'ora di pranzo allora vuol dire che stai male per davvero e che forse il ricovero era inevitabile, anche se non proprio in ortopedia.

La settimana di ferragosto tra BarLume e Bocacito, in un periodo di vacanza sì, ma per quegli altri, nel quale non ti puoi permettere un singolo momento di chiusura, dura invece diecimilaottanta minuti precisi precisi, nei quali non hai tempo nemmeno di respirare, figuriamoci di dormire. Se poi parecchi di questi minuti vengono occupati dalla presenza di Marchino, il quale si palesa come se fosse un cliente normale tutti i giorni all'ora dell'aperitivo e tenta anche di attaccare bot-

tone con te che sei lì dietro al bancone a versare a otto mani, allora vuol dire che è veramente il momento
di fare qualcosa.

– Senti, Massimo, ora magari non è il momento...
– No, Marchino. Ora non è il momento. E nemmeno ieri era il momento.

E nemmeno l'altro ieri. E, guarda, nemmeno domani, proprio a voler essere completamente sinceri, pensò Massimo senza dirlo, nell'usuale dibattito tra pen-
sieri e parole che aveva luogo continuamente, quando
sentiva di dover trattare veramente male una persona
che conosceva veramente bene.

– No, nel senso, ora, con tutta questa gente...
– Va anche peggio quando ce n'è poca.
– E quando mai ce n'è poca? – disse Marchino con
un gran sorriso. Effettivamente, il genere di sorriso che
potrebbe conquistare una ragazza. – Dai, bimbi, qui è
sempre pieno. È il meglio locale del litorale. Guarda
qui che pienone. E gente di ogni. Ò, se non fosse che
la gente sorride, ci sarebbe da pensare che sei dentro
a una manifestazione della CGIL. Poi se guardi...
– Marchino, ascolta – lo interruppe Massimo, deciso a non riconoscere qualsiasi forma di empatia con l'essere che aveva di fronte. – Ascoltami bene. Sono due
settimane che vieni qui in continuazione. Prima a cena da solo, poi a cena con la banda. E va bene. Poi l'a-
peritivo, e va bene. È un locale pubblico, anche se a
volte lo rimpiango, ma ho l'impressione che tu non venga tutti i giorni solo per mangiare e bere.

– Eh, ah. Sì. Cioè, te ne sei...

– Accorto, sì. E non sono il solo.

– Sì. Sì, senti, è un discorso un po' delicato da...

– Me lo immagino.

– Forse, ecco, non sarebbe il momento...

– È il momento, fidati.

– Davvero?

Marchino sorrise, in modo nervoso.

– Cioè, Massimo, ora non la prendere come un appunto, eh, ma solo come una, diciamo così, constatazione.

Si parte malissimo. Silenzio, che Marchino interpretò erroneamente come incoraggiamento, partendo in quarta.

– Però questa storia che fai due cocktail soli è una sega mentale, dai. Andava bene quando eri il barrettino di paese, è chiaro che se ti metti a fare il Margarita nel bicchiere con scritto Cynar fai ride' le telline. Come fa il tipo del circolo ARCI vicino al sottopasso, hai presente? No? Meglio, è un postaccio. Ora questo è diventato veramente un posticino di prima, che la gente ci viene a carrettate, non puoi continuare a fare solo lo spritz e il Negroni sbagliato. Ogni tanto un colore diverso dall'arancione ti ci vuole. Ecco, Massimo, quello che ci vuole in questo posto è un barman serio, di quelli che tengono sia banco che bancone.

Mentre Marchino parlava, Massimo inorridiva progressivamente.

Perché quando le persone le conosci bene, sai molto di loro.

Non tutto, magari, ma parecchio. Quanto basta per capire le loro intenzioni. E, in quel momento, a Massimo era venuto in mente che c'era una caratteristica di Marchino che fino a quel momento aveva volutamente ignorato.

Marchino, pur facendo l'operaio, in realtà aveva fatto la scuola alberghiera. Anche se mettendoci due quinti di tempo in più rispetto al previsto.

E, se non ricordava male, si era diplomato come barman.

– Come barman?

– Esattamente.

L'atmosfera melodiosa del Bocacito dopo l'orario di chiusura (sempre Corelli, *Sonate a violino e violone o cimbalo*, op. 5) armonizzò l'ultima parola, commentandola con una piccola cadenza per violino solo. Poi, grazie a Dio, il disco finì. E Massimo, rialzatosi per sgranchirsi le gambe, continuò a parlare.

– Pare sia senza lavoro da sei mesi, e non sappia dove sbattere la testa. La ditta dove lavorava prima è fallita, e in generale come uno si guarda in giro non è che per le aziende sia un grande momento.

– Ho capito –. Aldo, srotolandosi in giù i polsini della camicia, scosse la testa. – Te guarda, alle volte, come cambiano i tempi. Andreotti è morto da un anno, e i suoi ideali non valgono già più. A pensar male non solo si fa peccato, ma ci si sbaglia pure. Be', non è una cattiva idea.

– Quale?

– Questa di Marchino. In fondo lo dicevi anche ieri, no, che hai fatto più di cento aperitivi. O no?

– Sì, ma non mi ricordavo che te li fossi bevuti tutti te.

Aldo, con lentezza esasperata, si alzò dalla sedia.

– Ascolta, Massimo, il locale va bene. Va molto bene –. Aldo, nonostante il concetto fosse molto semplice, ritenne necessario rispiegarlo a Massimo con altre parole. – Questo connubio che abbiamo instaurato, questo strano ibrido di prima di cena, cena e dopocena, per qualche motivo, che a dire la verità sfugge anche a me, sembra funzionare alla perfezione. Hai oggettivamente bisogno di un aiuto.

– D'accordissimo. Il che significa qualcuno che mi renda la vita più semplice. Non vedo come questo possa significare «Marchino».

– Te quel ragazzo lo valuti male – ribatté Aldo.

E ti credo. Uno che sposa un fiore raro come Tiziana e poi la tratta in quel modo, come lo giudichi, bene?

– Allora: valutiamone insieme pregi e difetti, in quest'ordine. Pregi –. Aldo si afferrò un indice che sembrava il cartello segnaletico di una strada di montagna, da quanto era piegato dall'artrite. – Uno: è un gran lavoratore. Questo, te lo ricordi, Tiziana ce lo ha sempre detto –. Aldo proseguì stringendosi il medio, con la destra lievemente oscillante (stanchezza, nessuno si allarmi, Aldo è più lucido di me e di voi messi insieme). – Due: conosce un continente di gente. È stato qui a prendere l'aperitivo con tre compagnie di persone diverse. Devi ammettere che, per uno che lavora in un bar, non è uno svantaggio. Tre, parla sempre: è allegro, è dinamico, è sempre lì che racconta un episodio, che tiene viva la situazione. Il che, rispetto a un barrista che ti manda in culo se ti accosti al bancone con l'angolo sbagliato, non fa male. E questi sono i pregi. Difetti?

– Uno – rispose Massimo, laconicamente. – È scemo.

– Ti concedo che non è il ragazzo più intellettualmente profondo del pianeta, sì. Però, Massimo, stiamo parlando di un posto da barman.

– Quel posto sarebbe accanto alla mia banconista, ti ricordo –. Massimo si alzò a sua volta. – La quale con questo tizio c'era sposata, e lo ha lasciato lasciandogli due denti nel piatto fondo. Io voto no.

– E io voto sì. Siccome siamo soci paritari, il nostro voto conta identico. Siamo in democrazia.

– Bel troiaio. Comunque, il mio no resta no.

– E il mio sì resta sì.

– Perfetto. Allora, direi che c'è un unico modo di risolverla.

– Be', direi di sì – rispose Aldo.

– Quindi, la situazione è questa.

In piedi – aveva preferito rimanere in piedi – Tiziana aveva ascoltato Massimo, che si era incaricato di riferire la questione, un po' perché conosceva Tiziana meglio, e da più tempo, un po' perché se lasciava fare ad Aldo alle due e un quarto erano sempre lì. Come Massimo ebbe finito, Tiziana dette un respiro; un respiro profondo, liberatorio, di quelli che ti sganciano il petto dalla tensione, con le costole che finalmente riescono a ritrovare tutto quello spazio che non riuscivano più a raggiungere da qualche giorno.

– Guarda, Massimo, mi togli un peso dal cuore.

Prego?

– No, cioè, è che con tutto il casino che era successo Marchino si era lasciato un po' andare. E poi aveva perso il lavoro. E insomma, non dico che fosse colpa mia, eh, perché anche lui ce n'ha messo parecchio del suo, e non dico che mi sento completamente responsabile, non è colpa mia se il mercato immobiliare va male e non costruiscono più le case, però...

– Però ti senti un po' in colpa.

– Sì – ammise Tiziana. – Sì, mi sentivo un po' in colpa.

Sentivo?

– Sì, sì. E poi, senti, Marchino come stalker non riuscivo proprio a vederlo. Non riuscivo a dare un senso alla cosa. Invece questa cosa un senso ce l'ha.

Eccoci. Siamo passati da Corelli a Vasco Rossi. Si peggiora su tutta la linea.

– Ho capito. Cioè, si fa per dire. Diciamo che mi sforzo di adeguarmi. E quindi?

– Senti, Massimo, messa così, io non ho nessun problema.

Te, no. Io, fino a questo momento, gli esseri molesti ce li avevo solo dall'altra parte del bancone.

– Bene – infierì Aldo. – Allora, se non c'è problema, io direi che si può pure procedere. Si parte con uno stagionale, Massimo?

– Se non è possibile un giornaliero...

– Guarda, Massimo – disse Tiziana.

E probabilmente avrebbe voluto dire: Te lo sottovaluti, lo so che sembra un po' così ma è un gran lavoratore. Sarà scemo ma è una delle persone più affidabili dell'universo, e cose del genere. Ma, prima che potesse completare la frase, squillò il telefono.

Aldo, alzando le sopracciglia, guardò l'ora. L'una e dieci. Poi, sollevò il ricevitore.

– Il Bocacito, pronto.

Breve silenzio.

– Ah. Ma quando?

Breve silenzio.

– In serata? Verso le otto?

Breve silenzio.

– Ho capito. Va bene, ho capito. Ci si vede domani, allora.

Tiziana, per stemperare la tensione, si aggrappò subito a quel diversivo.

– Allora, quanti sono?

– Uno. O meglio, era uno –. Aldo prese un respiro profondo, passandosi le mani sui pantaloni.

– Aldo, non ho capito...

– Non era una prenotazione – disse Aldo, alzando lo sguardo. – Era Pilade.

Seguì un breve silenzio carico di tensione, come succede sempre nei gialli che si rispettino, nel momento in cui capita la svolta.

– Era Pilade, e...

Aldo abbassò lo sguardo, poi lo rialzò.

– Pare che il Barbadori si sia sparato, stasera alle otto.

Nove

– «Atlante il Luminoso, uno strano suicidio» –. Pausa di riflessione. – «Si aggrava la posizione di Gianfranco Benedetti, le sue impronte trovate sul luogo della morte» –. Pausa, con brevi colpi di tosse. – «Servizio di Saverio Brunetti» –. Aldo squadernò meglio il giornale. – «Pineta».

– E si sa, che siamo a Pineta – commentò Ampelio. – Ci siamo nati. Ma se vai avanti a questa velocità, si fa in tempo anche a mori' prima che tu lo finisca, l'artìolo.

– La prossima volta dici al Rimediotti di non prendere il mal di gola. «Si infittisce, e si arricchisce di una seconda scomparsa, il mistero che ruota intorno alla misteriosa sparizione di Vanessa Tonnarelli, e aggrava ulteriormente la posizione del marito Gianfranco Benedetti, il quale agli occhi degli inquirenti appare sempre più come il possibile responsabile della catena di eventi iniziata con il mancato "ritorno a casa" di Vanessa, e culminata ieri sera con il ritrovamento del corpo senza vita di Marcello Barbadori, meglio noto come "Atlante il Luminoso", uno dei sensitivi più popolari della nostra regione, tanto che si parlava per lui addirittura di una probabile partecipazione ad un programma televisivo su di una rete nazionale. Tutti progetti finiti nel pomeriggio due giorni fa, quando apparentemente Atlante decide di non essere più in grado di reggere il peso del mondo», senti lì che svolazzo, si vede deve avere fatto il classico, «e si punta contro la propria arma, una rivoltella Tokarev russa regolarmente denunciata».

Aldo prese fiato, squadernò il giornale, mentre Pilade commentava:

– Avrà fatto anche 'r cràssio, ma 'compiti ne li correggevano ar professionale. Ha fatto una frase lunga otto pagine.

– O cosa ti devo dire. «Non si sa, con certezza, l'ora in cui la tragedia è avvenuta. L'unica certezza è l'ora del macabro ritrovamento, le otto della sera di martedì, ora in cui la moglie del sensitivo, dopo aver passato una giornata di svago in gita alle Cinque Terre, entra nello studio del marito, trovandolo privo di vita, apparentemente dopo essersi sparato. Ma alcuni aspetti di tale vicenda secondo gli inquirenti non quadrano. Il più eclatante sarebbe la presenza di tre serie di impronte digitali sulla scena del crimine: insieme a quelle della vittima e della moglie, sono presenti anche le impronte di Gianfranco Benedetti. Il quale, in un primo momento, smentisce di essere mai entrato nello studio di Atlante. In seguito, a fronte dell'evidenza delle proprie impronte in loco, si giustifica dicendo di aver ricevuto un SMS con il quale il mago lo pregava di recarsi nel suo studio, per parlare in privato. Cosa che il Benedetti avrebbe fatto, trovando lo studio aperto e, nella stanza attigua all'anticamera, il cadavere di Atlante riverso sul tappeto. Ma molti particolari di questa ricostruzione non convincono, a partire dall'SMS in questione, che il Benedetti sostiene di aver cancellato dopo il ritrovamento, per la paura che si potesse in qualche modo risalire alla sua presenza sulla scena del crimine, ma che dal cellulare di Atlante risulta non essere mai partito».

– Ganzo lui –. Ampelio scosse la testa. – Cosa s'aspetta, che ni credano?

– Vedrai, cosa doveva dire, povero bischero? Sono andato lì col pennato, poi ho trovato la pistola e ho fatto prima? «In tutto questo, permane il mistero relativo alla scomparsa di Vanessa, della quale non si hanno tracce da più di una settimana, e di cui ormai l'intero paese si prepara a piangere la morte. E a puntare il dito contro Gianfranco Benedetti, che ormai la vox populi», ora tocca al latino, «individua nemmeno troppo nascostamente come omicida. Accuse e attacchi violenti sono comparsi, oltre che sui commenti delle pagine online dei quotidiani che trattano l'argomento, anche sulla pagina Facebook della sua azienda, l'agriturismo "La Luna nel Pozzo", e scritte minacciose sono state ritrovate sui muri dell'edificio stesso». Guarda guarda, lupus in fabula. Guten Abend, meine Damen und meine Herren.

Massimo alzò la testa. Educatamente, in fila, quattro tizi sulla quarantina dall'aspetto teutonico erano entrati nel bar. L'aspetto venne confermato dalla risposta di uno dei quattro, che salutò Aldo in quello che, riconoscibilmente quanto incomprensibilmente, doveva essere tedesco.

Solo che i quattro, invece di dirigersi verso il bancone per ordinare quattro cappuccini a bollore come richiedeva la Comunità Europea nell'articolo 2, comma 4 della circolare «Comportamenti obbligatori per i Cittadini della Repubblica Unificata Tedesca in Facanza in Italia», andarono a convergere con sicurezza verso Aldo, sedendosi accanto a lui. Partì, quindi, una serie di domande e risposte nella lingua di Goethe, quel rapido susseguirsi di suoni aspirati e gutturali che l'italiano medio associa spontaneamente a un sergente che impartisce ordini, stupendosi di fronte al fatto che per mezzo di una simile malattia di gola alcuni esseri umani siano riusciti a far nascere la poesia romantica dell'ottocento. Il palleggio in germanico, comunque, durò poco: perché, a un certo punto, Aldo esclamò qualcosa che poteva essere «ach, so!», oppure anche «azzo!», e si alzò.

– Massimo.

– Presente. Cosa vogliono, trecento litri di cappuccino da portar via con la betoniera?

– Massimo, non hai sentito?

– No. O meglio, ho sentito ma non ho capito. Io mica lo parlo, il tedesco.

– Ecco. Io invece lo parlo. E se ho inteso bene, questi signori m'hanno detto una cosa parecchio importante.

– Commissariato di Pineta buongiorno.

119

– Buongiorno. Sono Massimo Viviani, dovrei parlare con la dottoressa Martelli.

– Ah. Sì. Mi ridice il suo nome, per cortesia?

– Viviani. Massimo Viviani.

– Sì. Un secondo.

Si udì un rumore di cornetta che veniva posata, seguito subito dopo dall'inno di Mameli. Nemmeno il tempo di arrivare alle parole, che Massimo sentì dall'altra parte della linea la voce della commissaria.

– Pronto, Massimo. Sei anche telepata?

– Magari. Stavi per chiamarmi?

– Sì. Senti, avrei bisogno di te. È una cosa piuttosto urgente. Potresti venire un attimo in commissariato?

– Sì, forse è meglio. Anche io ho una cosa piuttosto urgente da dirti.

– Mamma mia, come due innamoratini –. La commissaria ridacchiò. – Allora, prima io o prima tu?

– Meglio prima tu –. Che io devo ancora trovare le parole giuste.

– Avrei bisogno di rufolare dentro un telefonino per cercarci una cosa. Ora, visto che te sviluppi le app e tutte queste cavolatelle da nerd, non è che potresti darmi una mano?

– Ma la polizia non ha un reparto di indagini scientifiche?

– Come no. Avanzatissimo. E anche utilizzatissimo. Mi hanno detto che se ho pazienza possono lavorarci la prossima settimana. Allora, mi puoi aiutare?

– Forse sì. Forse non da solo. Posso tentarci.

– Fantastico. Allora, potresti passare in commissariato appena puoi? Sai, con una persona scomparsa e un supposto omicidio, l'ultima cosa di cui ho bisogno è di perdere tempo.

– Ecco, sì, a proposito della persona scomparsa...

– Sì, scomparsa. Ufficialmente dobbiamo chiamarla scomparsa.

– ... possiamo anche smettere di chiamarla scomparsa.

Massimo avvertì che all'altro capo del telefono qualcuno aveva smesso di respirare.

– Hanno trovato il cadavere?

– Non proprio –. Massimo respirò per tutti e due. – Stamani mattina alle otto Vanessa Benedetti è tornata a casa sua.

– Eccoci. Se dovessi dire che ci capisco qualcosa, mentirei.

Gli occhi semichiusi, i piedi che avanzavano a ritmo serrato mettendosi l'uno davanti all'altro, Massimo viaggiava spedito verso il commissariato all'ombra della pineta. Pineta dalla quale, due anni prima, aveva giurato di non passare più, dopo che una discontinuità del terreno, rimanendo ferma nei suoi propositi di essere una buca e di comportarsi come tale, gli aveva fatto saltare il crociato anteriore del ginocchio destro. Ma, per andare in commissariato, c'erano solo due possibilità; o trecento metri a piedi, e perdipiù sotto il solleone, o un chilometro al fresco e al riparo delle fronde. Senza pensarci, Massimo aveva imboccato la seconda. Un po' per non stramazzare al suolo causa temperatura ecua-doregna, un po' perché sentiva di aver bisogno di pen-sare un momento da solo prima di arrivare in commis-sariato, e il tragitto sotto il sole sarebbe stato troppo breve. E, come sempre, per costringere i pensieri ad an-dare alla velocità giusta, Massimo parlava da solo.

Massimo adorava parlare da solo; obbligare i pen-sieri a seguire una forma verbale corretta, costringer-li a viaggiare lungo una linea, invece che svilupparsi per conto loro in due dimensioni, su di una rete a ma-glie irregolari e imprevedibili. C'era il momento del-l'intuizione, certo: ma quello ti faceva vedere solo il punto d'arrivo, non la traiettoria che dovevi seguire per arrivarci. Un po' come in quei giochi in cui devi seguire con la matita un labirinto e trovare la via d'u-scita. Massimo, da bambino, era bravissimo in quel ge-nere di enigmi: la mamma gli aveva insegnato che si faceva molto prima partendo dal fondo, dall'arrivo, e andando a ritroso. E Massimo, quel metodo, lo ave-va fatto suo. Per i labirinti, come per tante altre co-se, Massimo ragionava al contrario.

– Dunque, allora... Se la signora Vanessa è viva, non è morta... Se non è morta, nessuno l'ha ammazzata... Quindi, nemmeno il Benedetti... Allora, per quale mo-tivo il Benedetti avrebbe dovuto spengere Atlante il Lu-minoso? Spegnere, sì, si dice spegnere, non spengere... D'altronde, è un dato di fatto che il Benedetti abbia minacciato Atlante il Luminoso... E lo abbia fatto do-po la trasmissione... Quindi, qualcosa di quello che ha detto Atlante ha dato parecchio fastidio al Benedetti...

Di sicuro, abbastanza da minacciarlo... E anche da andare nel suo studio... un attimo, non sappiamo per quale motivo ci sia andato, nello studio... Restiamo a quello che sappiamo... Perché parlo al plurale? Perché penso ai vecchietti, no di certo... Lo sai a chi stai pensando, Massimo... Non ti prendere per il culo da solo... Allora, ragioniamo: cosa ha detto coso, lì, Atlante il Luccicante, come lo chiama Pilade? Ha fatto capire che era sua cliente. Di questo possiamo, anzi, sono sicuro... Poi ha fatto quel discorso delirante da signore degli anelli, col castello sul lago vicino al centro del mondo... E che cosa c'è da sentirsi minacciati? Se sapeva che il marito la voleva uccidere, tornerebbe... è un ricatto fantastico... So che l'hai uccisa, fetente, pagami o dico tutto... Ma se la tipa è viva e vegeta, di che cosa ha paura il Benedetti? Un attimo: lo sapeva, il Benedetti, che la moglie era viva?... Magari no... Magari aveva paura che la moglie, dopo l'ennesima lite, si fosse buttata nel fosso, e la stava cercando... E ha paura che Atlante dica che la signora era sua cliente, e che quindi potrebbe essere accusato di una cosa che non ha commesso... Madonna che mal di testa... Eccoci arrivati... Meno male, dai...

– Avanti.

Massimo, dopo aver bussato, aprì la porta. Dietro la scrivania, apparentemente scevra da qualsiasi parvenza di Alice Martelli, stava seduta la commissaria. Di fronte a lei, seduta, o meglio, piazzata su una sedia, c'era una donna dall'aspetto volgare.

Le unghie lunghe, elaboratissime, decorate a motivi floreali, alcune adornate con un anellino che pendeva da un forellino vicino alla punta; un tatuaggio dietro l'orecchio, una specie di tribale in cui si fondevano alcune forme non ben distinguibili; e i capelli appena usciti dalle mani di un parrucchiere di provincia, con un taglio asimmetrico, un ciuffo ossigenato che si staccava da una chioma nera e rasata quasi a zero sul solo lato sinistro. Tutta questa dovizia di particolari fashion, ben inteso, innestati su di un gavitello: una figura grassa, sguaiata, con la pancia che tracimava da sotto la maglietta attillata a motivi leopardati.

Quelle erano cose che Massimo faticava a capire. Va bene, uno è libero di conciarsi come gli pare: ma perché agghindarsi nel modo più vistoso che riesci a trovare, se di base sei fatta in quel modo? Dato che evidentemente ti piacerebbe essere attraente, invece di andare dal parrucchiere, dal tatuatore, dall'onicolunghista o comunque si chiami uno che ti fa le unghie in quel modo, perché non cominci chiudendo a chiave il frigo?

– Buongiorno, Viviani. Guardi, al momento sono occupata. Può attendere un attimo fuori, per cortesia? Appena ho finito con la signora Tonnarelli, la faccio entrare. Le dispiace?

C'è qualcosa che non va. Gli occhi, sì, erano quelli della commissaria: due fessure aperte quel tanto che bastava per far entrare il numero sufficiente di fotoni. La voce, invece, era dolce e flautata, quasi comprensiva. Né della commissaria, né tantomeno di Alice.

– No, no. Si figuri.

– Per me può anche rimanere qui dentro – disse Vanessa Tonnarelli, riuscendo a risultare ancora più grezza di come già non apparisse. Un accento umbro marcato, saltellante, ma privo di quel naturale andamento in crescendo che di solito lo rende simpatico. E, in più, una di quelle persone che non sono capaci di parlare con un volume di voce normale, ma che devono berciare, di gola, qualsiasi cosa dicano, parlano del tempo e sembra che stiano chiamando un taxi. – Io non ci ho niente da nascondere, io. Cosa crede, lei?

– Come vuole. Allora, Viviani, può aspettare qui, se preferisce. Può sedersi, non è necessario stare lì impalato.

Massimo, alle parole della commissaria, si rese conto di essere rimasto immobile, a bocca semiaperta, e piantato sul posto come un panettone di cemento.

Ma a bloccarlo non era stata l'indecisione.

Semplicemente, aveva capito cosa aveva detto Atlante il Luminoso di così sconvolgente per il Benedetti.

– Io mi domando come è possibile che succedano cose come queste – continuò Vanessa Benedetti, mentre la commissaria non le toglieva gli occhi di dosso. – Io e mio marito si litiga, chiaro, come tutte le coppie sposate di questo mondo. E ogni tanto salta la pazienza, anche perché l'ultima delle pensate che ha avuto, vero, lasciamo perdere. Ci siamo fatti ridere dietro da tutto il paese. E io ho preso e sono andata per i fatti miei.

– Era arrabbiata, immagino.

– Arrabbiata? Lasciamo perdere, per l'amor di Dio, lo sa Dio quant'ero arrabbiata –. E se parli con questo tono di voce, ci credo. Ti sentirebbero anche in Nepal. – E poi torno, e scopro che mio marito è accusato di omicidio. Di omicidio. Se ne rende conto, signora? Di o-mi-ci-dio!

– Capisco –. La voce della commissaria era dolce e comprensiva come quella di una mamma cerbiatto con il cucciolo in un cartone della Disney. – Però, signora, suo marito al momento non è accusato di omicidio, ma semplicemente di minaccia aggravata –. La commissaria omise che il minacciato era defunto poco dopo, in circostanze non troppo chiare, e nelle quali la presenza del marito era tangibile. – Mentre lei, invece, era semplicemente andata per i fatti suoi, per cercare un po' di tranquillità. Potrei chiederle dove?

– No che non può – ribatté la signora (si fa per dire) Vanessa. – Una persona ha diritto anche alla sua privacy, ogni tanto. Che posto tranquillo sarebbe, se tutti sapessero dove vado quando voglio stare tranquilla? E comunque non sono certo io che ho fatto qualcosa di male, qui. Mio marito si è visto dare dell'assassino da ogni parte. Sui giornali, su Internet. Ci hanno diffamato in lungo e in largo. Questa è diffamazione, o sbaglio? Ha idea del danno che ci causerà questa cosa, mi dica, ne ha un'idea? Lei andrebbe a passare le vacanze in un agriturismo dove il proprietario ha ammazzato la moglie?

– Avevo capito che lei non avesse niente da nascondere – rispose la commissaria, placidamente. – Comunque, non si preoccupi. Io mi sono fatta un'idea di dove lei si trovasse, e ovviamente il mio ruolo mi impone di rispettare la sua privacy. Io, chiaramente, non lo dirò a nessuno. A differenza di Marcello Barbadori, alias Atlante il Luminoso. Lui sapeva dove lei si trovasse, e aveva anche intenzione di dirlo in giro, secondo me.

Oltre ad avere dei gusti orridi, Vanessa Benedetti era anche una pessima attrice. Perché, mentre la commissaria parlava, Massimo aveva visto chiaramente la tracotanza della donna staccarsi di netto, come se qualcuno avesse tranciato da dietro la testa i tiranti che regolavano l'espressione del viso. Ciò nonostante, probabilmente inconsapevole di avere una faccia che parlava da sola, la signora tentò di darsi un tono:

– Cosa sarebbe questa fesseria?

– Innanzitutto, lei è di fronte a un pubblico ufficiale. Quindi le sconsiglio di attribuire a quello che dico la qualifica di «fesseria» di fronte a testimoni, altrimenti la cosa potrebbe avere delle conseguenze. In secondo luogo, vede, io sono nata all'Elba, ma i miei nonni erano umbri. Per l'esattezza, erano di Foligno.

Perché il solo nominare una città apparentemente innocua come Foligno era capace, come Massimo poteva notare in diretta, di far defluire il sangue dalla faccia della signora Vanessa per destinarlo ad altri usi, presumibilmente dalle parti del basso ventre?

Perché, probabilmente, Vanessa Benedetti sapeva benissimo quello che anche Massimo, ed evidentemente anche la commissaria, sapevano per certo.

Anticamente Foligno era considerata il centro geografico dell'Italia, e quindi del Mediterraneo. Il che voleva dire, secondo i canoni della geografia antica, che Foligno si trovava al centro del mondo. In epoca moderna, tale tradizione si era mantenuta in modo semiserio, e «lu centru de lu munnu» veniva collocato in corrispondenza del birillo centrale del biliardo del Caffè Sassovivo, storico locale del corso.

Massimo lo sapeva, perché glielo avevano spiegato i vecchietti, giocando a biliardo.

E lo sapeva anche Alice, probabilmente perché accompagnava il nonno a giocare a biliardo; come fanno in ogni angolo d'Italia, da decenni, tutti i nipoti in grado di stare buoni e tranquilli in un angolo, ad ampliare il loro vocabolario con le invettive, le parolacce e i bestemmioni di nonno e dei suoi amici, grazie a cui potevi fare un figurone con gli amichetti all'asilo.

– E quando andavo a trovare i miei nonni a Foligno, poi mio nonno mi portava a mangiare il pesce sul lago Trasimeno. A volte andavamo a Città della Pieve, a volte a Magione... – la commissaria prese volutamente una pausa – ... ma la maggior parte delle volte nonno mi portava a Castiglion del Lago. Castiglion del Lago, vicino a Foligno. E lo sa, lei, come la chiamano i folignati, la loro città?

La signora, invece di parlare, annuì. Cosa non sorprendente: per emettere suoni bisogna avere un po' d'aria al proprio interno, e Vanessa Tonnarelli (ormai fuori da Benedetti) da qualche minuto aveva apparentemente smesso di respirare.

– Non mi sorprenderei se lo sapesse. Perché anche lei è di quelle zone, vero? A quanto so, lei è nata a Perugia, ma mi sembra di aver visto sfogliando il suo fascicolo che ha una casa a Castiglion del Lago. Un castello, in riva a un lago, non troppo lontano dal centro del mondo. Curioso, no? Sembrano quasi le parole di Atlante il Luminoso. Anzi, sono le parole di Atlante il Luminoso. Alla lettera.

Esatto.

Esattamente quello che era venuto in mente a Massimo, quando la signora aveva aperto bocca. Una persona umbra. Ma non è di Perugia. Non ha la «d» di «dado». Di che città è? Gubbio dove corrono coi ceri, Assisi la città di San Francesco, Foligno lu centru de lu... Oh-oh.

– Fin qui, abbiamo parlato di quello che sapevamo entrambe – continuò la commissaria. – Adesso, forse, è il caso di metterla al corrente di una cosa che presumo lei non sappia.

– Lei evidentemente sa così tante cose più di me... – rispose Vanessa, ma non le riuscì troppo bene.

La commissaria estrasse da una cartellina un documento, tre o quattro fogli spillati insieme a un'estremità.

– Ecco qua, le dicevo. Questa è la denuncia sporta dalla signora Terje Luts, moglie di Marcello Barbadori alias bla bla bla.

– E chi ha denunciato? Me?

– Non vedo perché avrebbe dovuto. Lei non ha fatto niente, no? – Bastarda. – No, la signora ha denunciato il marito per esercizio abusivo della professione e spionaggio –. La commissaria fece planare il documento, che si adagiò sulla scrivania con uno sventaglìo morbido. – Pare che il marito derivasse la sua infallibilità nelle previsioni, e la sua conoscenza così profonda dei problemi che affliggevano i suoi clienti, dal fatto che installava nei telefonini dei suddetti alcuni software per le intercettazioni ambientali. In pratica, all'insaputa del cliente, il telefono diventava una specie di centralina dotata di microfono, attivabile a piacere da colui che l'aveva installato.

Già. Con quelli che avevano uno smartphone, telefoni abbastanza evoluti da poter ospitare un programma simile. Quelli che invece avevano un telefonino di vecchia generazione, come il mattoncino precolombiano che Massimo aveva visto spesso in mano a Tavolone, venivano rifiutati, con la scusa che il loro problema non era trattabile. Come Tavolone, per l'appunto.

– Pare che il marito installasse tali applicazioni nei dieci minuti in cui il cliente gli affidava i propri oggetti personali, con la scusa di carpirne il fluido –. La commissaria distolse lo sguardo, portandolo verso il computer e dando una cliccatina con il mouse. – Lei lo sapeva, che i clienti di Atlante seguivano questa procedura?

– No, no. Certo che no. E come lo potrei sapere?

– Forse dal fatto che anche lei è stata cliente di Atlante – rispose Alice, con tranquillità, ma con due occhi che avrebbero messo a disagio anche un militare giapponese. – La signora Luts, a mia precisa domanda, l'ha riconosciuta come la signora che si è presentata da loro dieci giorni fa sostenendo di aver paura che il marito la potesse uccidere.

La commissaria riportò lo sguardo sul computer, come se stesse consultando dei documenti fondamentali per il discorso in corso. Massimo, dopo averla osservata per qualche secondo, riportò lo sguardo su Vanessa Tonnarelli.

Se la prima notizia l'aveva fatta sgomentare, la seconda l'aveva distrutta.

– A quanto pare, la signora Luts era sinceramente convinta che il marito avesse poteri paranormali senza precedenti, e che davvero la sua conoscenza venisse dai dialoghi con i morti –. La commissaria, dopo un'ultima cliccatina, si rivolse di nuovo alla ex signora Benedetti. – Ma pare che qualche tempo fa, per un banale incidente, si sia accorta di come in realtà il marito otteneva le sue informazioni. In questo modo, il caro Atlante il Luminoso poteva ascoltare le conversazioni, e anche localizzare le persone. Allora, sa cosa penso? Penso che ascoltando le conversazioni, se avesse saputo che qualcuno stava compiendo un reato, avrebbe potuto anche ricattarlo, sa?

La commissaria scansionò con gli occhi la figura di Vanessa, che ormai stava inerte sulla seggiola, come se ce la avessero versata. Quindi, alzò lo sguardo verso Massimo.

– Senta, Viviani...

– Vado in sala d'attesa?

– Ecco, grazie. E già che c'è, dica all'agente Tonfoni di venire un attimo di qua.

– Non sapevo che tu avessi origine umbra – disse Massimo, tanto per riempire il silenzio. Silenzio che durava ormai da qualche minuto.

Quando Massimo era rientrato, dopo che Vanessa Tonnarelli forse Benedetti se n'era andata, la stanza stessa sembrava aver bisogno di un pochino di riposo, dopo tutta quella fatica fatta dalle pareti per vibrare e riverberare in risposta alla voce da soprano rionale della signora. Riposo che le era stato concesso dalla commissaria, che aveva continuato a cliccare e iperleggere sullo schermo del computer, e da Massimo, che aveva capito che in quel momento la sua voce non era richiesta.

– Infatti non lo sono –. La commissaria, dopo un ultimo clic dato con aria definitiva, si allontanò con le mani dalla scrivania, mentre le rotelle della sedia gemevano. – Ma sai, avevo bisogno di mettere sotto pressione la boa. E con quel genere di persone lì non c'è niente di più rispettato e intoccabile delle parentele. Se avessi detto che avevo cercato su Google «centro del mondo luogo Italia» la reazione non sarebbe stata così catartica.

– Capisco. Cioè, no, forse non capisco del tutto. Credo di aver bisogno di qualche spiegazione –. Massimo sentì la necessità di alzarsi. – L'unica cosa che ho capito è che questi due geni hanno inscenato una finta scomparsa. Non senza prima fare in modo che tutto il paese sapesse che la signora se n'era andata. Hanno comprato un quintale di carne e poi hanno mandato a monte la cena. Premurandosi in anticipo di informare i gentili ospiti che il posto migliore del litorale per andare a cena è il ristorante di Aldo. Ovvero l'unico dotato di impianto stereo semovente con ben quattro diffusori acustici a valvole di fatti altrui.

– Hanno le valvole, i vecchietti?

– Il Rimediotti, dalle parti del ventricolo sinistro –. Massimo allargò le braccia. – Nulla che gli impedisca di funzionare, intendiamoci. Anzi. I veri intenditori lo sanno, non c'è niente di meglio dell'analogico per l'alta fedeltà. Comunque, quello che mi sfugge è lo scopo per cui lo possono aver fatto. Anche se una mezza idea ce l'ho.

– E sarebbe?

– Credo che i due volessero vendicarsi del danno che ha procurato loro il paese, facendosi gli affari loro, e facendo venir fuori la storia che erano divorziati anche se continuavano a convivere –. Massimo, dopo aver circumnavigato l'ufficio, si rimise a sedere. – Uno, hanno capito che da queste parti nessuno è in grado di farsi i cazzacci suoi. Due, ormai siamo diventati il litorale del delitto. Lo scorso settembre è venuta anche una troupe tv, a fine estate, a chiederci come mai nel corso della stagione non avevano ancora ammazzato nessuno. Gli abbiamo dovuto spiegare che se non si toglievano dai coglioni eravamo sempre in tempo, ma resta il fatto che ai fatti di sangue ci siamo assuefatti. Ormai la gente vede un delitto anche in un novantottenne che muore d'infarto.

– Sì, più o meno. Quindi tu saresti propenso allo scherzo?

– Sì, direi di sì. Di cattivo gusto, ma tutto sommato non del tutto fuori luogo.

Il ditino della commissaria oscillò da destra a sinistra, mentre il sorriso di volpe riappariva.

– Sei poco malizioso, bello mio –. Stavolta fu il turno della commissaria, di alzarsi. – È questo il guaio con voi maschietti, siete un po' sprovveduti. Intendiamoci, va benissimo così. Ci fate tanta tenerezza. No, se fosse stato uno scherzo sarebbe stato di cattivo gusto, e basta. Ricordati che abbiamo a che fare con due che fondamentalmente sono due truffatori. Due truffatori ai danni dello Stato. Per esperienza, è un genere di persone che mostra una certa tendenza a ripetersi.

– Ho capito. E allora?

– Certo che sei duro. E sì che la parola chiave te l'ha detta, prima, il dirigibile leopardato.

La commissaria prese dalla scrivania un libriccino con la copertina morbida, che Massimo aveva registrato in precedenza senza dargli importanza. Fece appena in tempo a leggere il titolo, prima che la commissaria lo aprisse.

Diffamazione. Aspetti pratici e nuove problematiche.
Cacchio.

– Cito sentenza del Tribunale di Roma – disse la commissaria. – «Qualora, a seguito della diffamazione»… eccetera eccetera, ecco, sì, «l'informazione travisata abbia avuto come diretta e inferibile conseguenza un danno patrimoniale dovuto ad un minore introito delle proprie attività, a patto che siano provati i mancati introiti sostenuti dal denigrato, il danno patrimoniale è quantificabile come il costo che l'attore deve sostenere per ottenere l'effetto riparatorio della distorta rappresentazione della sua identità».

Ora, pur trovandosi perfettamente a suo agio quando doveva muoversi fra numeri, integrali, sommatorie e altri simili segni cabalistici, Massimo era completamente inerme di fronte alle volute rococò del linguaggio legale e burocratico. Perché, come è noto, l'italiano ha una natura duplice. Da una parte c'è la lingua parlata, di tutti i giorni; dall'altra, quel complicato esercizio di algebra verbale volto, oltre che a consumare carta, a tradurre situazioni immediate e lineari in astrusi rompicapo per solutori più che abili.

La prima volta che Massimo si era impantanato nelle sabbie mobili del burocratese era stato da obiettore di coscienza, quando si era trovato di fronte alla tabella del trattamento economico, alla cui voce numero sette compariva una frase che sembrava scritta in etrusco: «contributo sostitutivo per spesa detersione effetti letterecci». Dopo aver consultato un dizionario del 1921, era saltato fuori che gli effetti letterecci non erano altro che le lenzuola.

Da quel momento in poi, Massimo si trovava spesso a riflettere che la legge non era uguale per tutti; perché se davvero deve essere uguale per tutti, allora chi ha fatto la scuola dell'obbligo dovrebbe essere in grado, se non di poter trovare la migliore strategia di difesa, perlomeno di capire di cosa minchia si sta parlando.

135

– Cioè, aspetta. Questi tipi avrebbero fatto casino apposta per farsi diffamare?

– Esattamente.

– E dove starebbe il guadagno?

– Starebbe proprio nel danno patrimoniale accertato. I due tangheri hanno un agriturismo. Vuoi che ti legga cosa è comparso, tipo, sulla pagina Facebook dell'agriturismo? O cosa ha scritto la gente sui blog specializzati? Ecco qui, ad esempio: «Posticino carino, rustico ma accogliente. Certo, se rimanete a cena non è il caso di ordinare lo spezzatino. Potreste rompervi un dente tentando di masticare un anello nuziale». Postato da Francesco83, appena quattro giorni fa. Sennò ti leggo quello che compare sulla pagina del «Tirreno», o anche del «Corriere». Come questo DeepRoller: «Tanto garantismo PER COSAAA? È chiaro come il sole che questo tizio ha ammazzato la moglie. Mettiamolo alla gogna e portiamolo in giro per il paese, e nelle piazze in cui ci si ferma mettiamo il banchetto di pomodori marci a cinque euro l'uno. Vedrai che prima o poi confessa, e si risana anche un po' il bilancio dello Stato». Tutti post anonimi, ma da parte di utenti registrati. Registrati e rintracciabili. Non è difficile ricollegare messaggi come questi ad un eventuale crollo nelle prenotazioni. Questa è diffamazione palese, e in caso di condanna il giudice stabilisce il risarcimento dei danni nel novanta per cento dei casi, secondo le statistiche. Si parla anche di centinaia di migliaia di euro.

Massimo alzò un ditino.

– Scusa, ma non sono d'accordo. Siamo il paese di Emilio Fede e dei plastici, sai. C'è gente che ama questo genere di cose. Io ne ho quattro che hanno preso la residenza al bar, e non amano andare negli agriturismi, ma presumo che a giro ci sia anche gente che li adora.

– Vero –. La commissaria sorrise. – C'è anche questa possibilità. Siccome siamo un popolo di fessi, è anche capace che qualcuno vada apposta nell'agriturismo del delitto. Tutta pubblicità per loro. In ognuno dei due casi, è una strategia vincente. Anzi, doppiamente vincente. E di questa cosa hanno discusso, anche per telefono. La signora, prima, lo ha ammesso esplicitamente. Diciamo pure che ha confessato il reato. Allora, a questo punto non è difficile capire cosa ha fatto Atlante, no?

Direi di no. Invece di una storia di corna, si sente in diretta la spiegazione di una bella truffa. E con il GPS del cellulare, sa anche dove si trova la presunta vittima che tutto il paese cerca. A questo punto, collegato in paesevisione, fa capire in modo sibillino che lui sa dov'è la signora, e vista la precisione con cui descrive il luogo il Benedetti si sente un po' marcato stretto. E decide di liberarsi dalla marcatura.

Massimo si alzò dalla sedia.

– Ho capito. Senti, adesso dovrei tornare al bar. Potrei sapere...

– Negativo, soldato Viviani. Tu mi servi qui.

– Ecco, appunto. Visto che mi hai convocato qui, sarei curioso di sapere perché.

– Numero uno, perché adesso sai troppo. Se ora mi torni al bar la banda dei quattro ci mette un nanosecondo netto per farti cantare. Ma, in realtà, mi servi per questo.

E la commissaria, aperto un cassetto, ne estrasse uno smartphone con una custodia leopardata.

– Bellino. È della signora?

– No, è del marito. La custodia dev'essere un regalo. Tu ci sai mettere le mani, in questo coso?

– Dipende da cosa ci devo fare. Se lo devo sfasciare con un corpo contundente, posso farlo anche qui. Se devo rintracciare qualcosa a livello di memoria, forse a casa mia ho degli strumenti più appropriati.

– Sì, come no –. La commissaria fece un rumore simile a una pernacchia. – E io ti faccio portare fuori di qui una prova materiale sequestrata a un indagato, con tanto di bolli, ricevute e protocolli. E se qualcuno te lo ruba? Se ti arrota un TIR?

– Se proprio un TIR deve arrotare un Viviani, avrei un altro nome da suggerire.

– Ma smettila di fare il tonto, che gli vuoi un gran bene. Te l'ho già detto un'altra volta, non farmelo ripetere. Anzi, non farmi ripetere in generale, e mettiti al lavoro, eh?

Ecco. Tipico delle femmine. È convinta che io debba sapere per filo e per segno cosa le passa per la testa senza bisogno di dirmelo.

– Se non mi dici cosa debbo cercare...

– Ah sì, certo. Dunque, il fatto è che il Benedetti sostiene di aver ricevuto un SMS il giorno della morte di Atlante.

– Vero. C'era scritto anche sul giornale.

– Il che non significa che sia vero per forza. Se noti, nel giornale c'è scritto che sul cellulare di Atlante non c'è traccia del messaggio. In realtà non c'è proprio traccia del cellulare di Atlante, stop – ammonì la commissaria. – E prima o poi lo troverò, lo stronzo che dice queste cose ai giornali. Anche se, visto quello che ci pagano, sarei portata a giustificarlo. Comunque, questo SMS sul telefonino del Benedetti non c'è. Lui sostiene di averlo cancellato. E il telefonino di Atlante non si trova.

– Potrebbe averlo anche buttato via lui.

– Certo –. La commissaria annuì, pesantemente. – Il Benedetti, convocato da Atlante, arriva e stempia il cartomante. Quindi, prende il telefono di Atlante, convinto che contenga l'unica prova che lo collega a lui, e lo fa sparire. Purtroppo, si dimentica di pulire la scena dalle sue impronte. O meglio, lo fa, ma in modo maldestro. Adesso, però, mi piacerebbe vedere se per caso questo SMS non è recuperabile dalla memoria del telefono. So che quando si cancella un messaggio dal telefonino questo spesso rimane in memoria. Lo sapresti fare?

– Credo di sì –. Massimo ondeggiò un po' con la testa. – Credo di sì. Spero di sì. Non sarebbe meglio richiedere i tabulati telefonici?

– Certo. Ho appena inoltrato richiesta al magistrato per poterli richiedere alla compagnia telefonica –. La commissaria scosse la testa. – Fra un paio di settimane lo verrò a sapere. Io vorrei poter fare qualcosa prima.

– Va bene. Certo, è possibile che questo SMS non sia mai esistito.

– Possibile. Ma, vedi, ho interrogato io stessa il Benedetti. Ed era sincero. Io me ne accorgo sempre, quando qualcuno mi dice una fregnaccia.

– Devo crederti sulla parola?

– Vedrai che prima o poi te ne accorgerai da solo.

$$X^2-19 + 90 = 0$$

– Ecco... Così... sì, così, è entrato... ora spingi...

– No, aspetta... piano... fammelo sfilare, e poi piano... non vorrei, sai...

– Che cosa?

– Che si rompesse... va bene che è gomma, ma...

La commissaria, con decisione, prese il cavo USB, lo sfilò e lo schioccò dentro il telefonino.

– Ecco. Mi sembra che sia entrato. Ora, che si deve fare?

– Si apre, come se fosse un disco esterno. Eccolo lì, «Android 1002». Cliccaci.

La commissaria, con un doppio clic delicato, aprì l'icona che Massimo aveva indicato. Massimo, presa la tastiera, la tirò a sé con assertività.

– Occhio che non è senza fili, quella tastiera – disse Alice. – Qui a livello di tecnologia siamo nel Cretaceo.

– Tranquilla. Ora, basta far girare il programma. Quando te lo ha dato, il telefonino, il Benedetti?

– Sì, non è che me l'abbia dato. Gliel'ho sequestrato. Comunque ieri mattina, verso le dieci e mezzo.

– Bene. Dovremmo farcela –. Massimo premette un pulsante, e sullo schermo comparve d'improvviso un elenco che quasi subito iniziò a scorrere, educatamente, con tutti i file in fila uno dietro l'altro. Massimo, dopo aver guardato con soddisfazione la partenza, si voltò verso Alice. – L'importante è che non abbia scaricato o salvato o ricevuto roba che si sia andata a sostituire a quel messaggio. Che non sia stato scritto niente nella porzione di memoria che occupava.

– Spero di no – rispose la commissaria, senza riuscire a staccare gli occhi dallo schermo. – Mi sembrerebbe strano, dai. Ho appena ammazzato qualcuno, adesso quasi quasi mi scarico l'app con le ricette di Giallo Zafferano.

– Sì, anch'io. Sei sicura, quindi, che sia stato lui.

– Be', mai sbilanciarsi, ma la vedo dura che sia stato qualcun altro –. La commissaria sbuffò via una ciocca dall'angolo della bocca. – Anche se, ti dirò, dopo quello che mi ha raccontato la moglie di Atlante, non mi sorprenderebbe se si fosse ucciso.

– Addirittura.

La commissaria, senza guardare Massimo, fece una faccia eloquente. Poi si voltò, e mostrò a Massimo due occhi lievemente velati.

– Oh, quello che sto per dirti non esce da qui, va bene?

Alice si accomodò meglio sulla sedia, mettendo le mani tra le ginocchia.

– Insomma, in soldoni, la tizia si è accorta che Atlante la tradiva. E se ti dico come se ne è accorta, ti metti a ridere.

– Può essere. Prova a dirmelo.

– Sì, scusa. In pratica, Atlante aveva uno di questi macchinoni, un Mercedes con tutte le migliori segate tecnologiche di questo mondo, incluso chiaramente il Bluetooth. La moglie, invece, aveva un'utilitaria. Un giorno, mentre Atlante è in giro ad allenarsi in bicicletta, la moglie prende l'auto del marito, invece dell'utilitaria, perché si accendeva una spia che non le piaceva. Va a fare i suoi giri, e a un certo punto parcheggia davanti al giornalaio della Sterpaia. Entra, compra, esce, riaccende, e cosa ti vede?

Non saprei, disse la faccia di Massimo. La commissaria, dopo aver sfruttato bene la pausa, fece scorrere le mani su uno striscione immaginario.

– Ti vede sullo schermo comparire la scritta «iPhone di Atlante».

Massimo inclinò la testa di lato, brevemente.

– Cioè, l'automobile di Atlante aveva rintracciato il cellulare nelle vicinanze, e si era collegato in automatico?

– Esattamente. E, sai, non è che lì ci sia tanto da guardarsi intorno. Il Bluetooth ha una portata di qualche decina di metri al massimo, e in più... L'hai presente la Sterpaia, il posto dove c'è il giornalaio? C'è una serie di villette a schiera.

– Sì, il casale di San Bonifacio. Lo conosco. C'è un mio amico che abita lì.

E avrei voglia, sai, di parlarti dei miei amici. Mi piacerebbe raccontarti di Cesare, che prima mi ha rimesso a posto un ginocchio e poi mi ha aiutato a scoprire un assassino, esattamente come stiamo facendo noi adesso. Mi piacerebbe andare a cena tutti insieme.

Non avrei nemmeno da essere geloso. Tanto, Cesare è finocchio. Sì, lo so, si dice gay. Ma lo devo tradurre, tutte le volte, perché a me viene spontaneo dire finocchio. Fra l'altro, anche a Cesare. E non ci vedo nulla di male. D'altronde, anche di me penso che sono un segaiolo, non un single. Sono sicuro che non ci sarebbe bisogno di parlare in modo politicamente corretto, con te. Perché anche te sei di quelle che detestano dire diversamente abile, e sanno che un motuleso ha esattamente le stesse difficoltà motorie di un handicappato. Lo capiresti subito che non voglio offendere nessuno.

– Ecco, la Terje si è resa subito conto che il segnale doveva provenire da lì. Altre case non ce ne sono. Però aveva paura che il marito la vedesse. Allora è andata via, ed è tornata a piedi, la sera, come se niente fosse. È andata a dare un'occhiata ai campanelli, a prendere i nomi. Poi, quella stessa notte, mentre Atlante dormiva, gli ha preso il cellulare di nascosto per andare a vedere se trovava in rubrica qualcuno che corrispondeva ai nomi che si era segnata.

– Però. Metodica, la signora Terje.

– Vero? Sulle prime ha trovato subito quello che le interessava. C'era il numero di una delle persone che aveva visto scritto sul campanello, mi perdonerai se non ti dico chi è. Comunque, ne ha ipotizzato che fosse l'amante del marito. Allora è andata a dare un'occhiata ai messaggi tra i due, e l'ipotesi è diventata quasi certezza. A quel punto è andata a cercare tra le foto, per vedere se le riusciva di capire che faccia avesse questa tipa.

– Ed è venuto fuori il mondo.

– Esattamente. Sulle prime, non capiva. Ha detto che il cellulare era pieno di cose che non capiva a cosa servissero. Foto, filmati, registrazioni. Allora si è messa ad armeggiare, ed è partita una conversazione registrata. Tra due persone che non conosceva. Però, ascoltando quello che dicevano, ha ricollegato. Ha capito di cosa si parlava, ha riconosciuto la voce di Vanessa Benedetti. E ha realizzato che il marito, oltre ad essere un fedifrago, era anche un truffatore.

La commissaria allargò le braccia, mimando l'inevitabilità di quanto stava per raccontare.

– Allora ha preso e gli ha scritto una lettera, dicendo che aveva scoperto che razza di troiaio d'uomo fosse, che aveva un'amante, che era un truffatore. Ha concluso dicendo che, uscita di casa, sarebbe andata subito alla polizia a denunciarlo. Cosa che ha fatto, venendo qui.

E Massimo, zitto.

– Poi, ha preso il treno ed è andata via. È andata alle Cinque Terre, a Manarola. A guardare il mare, così dice lei. Di sicuro ha dormito lì, abbiamo i dati dell'albergo. E, mentre lei guardava il mare, suo marito si è visto crollare il mondo addosso.

E Massimo, sempre zitto.

– Il matrimonio, finito. Il guru, finito. La sera prima, era un vaticinatore di successo, venerato dai fessi di tutta la provincia, con un futuro in prima serata. La mattina, era uno squallido truffatore con un futuro nelle patrie galere. Ce ne sarebbe abbastanza da tirarsi un colpo.

– Forse. O forse no.

E Massimo puntò il dito verso lo schermo.

– Eccolo. Controlla il numero.

– Aspetta. Tre tre zero, settantasei... sì, è questo. «Credo di avere qualcosa da dirti. Oggi sono in studio. Da solo». Be', sì. Effettivamente, è un messaggio. E questo è il numero di Atlante, non c'è dubbio.

– Cosa c'è da sorridere?

– Nulla –. E la commissaria, contraddicendosi, allargò il sorriso di volpe. – Solo che te lo avevo detto, nessuno riesce a dirmi delle fregnacce. Quando uno mi dice una cazzata, lo becco subito.

– Beata te –. Massimo, spingendo indietro con i piedi, allontanò dalla scrivania la poltrona a rotelle. – A me riesce di rado. E quando ci riesco, non è che ci sia molto da vantarsi.

– Come quando sei tornato a casa e hai scoperto tua moglie col suo collega?

Massimo, che stava per alzarsi dalla poltrona, rimase inchiodato per un attimo, con le mani sui braccioli e i tricipiti in tensione, come Cleofa nella *Cena in Emmaus* del Caravaggio. Se non l'avete mai vista, mi dispiace per voi: forse sarebbe il caso che cominciaste a farvi una cultura, invece di perdere tempo coi gialli.

– Te l'hanno detto i vecchi?

Alice allargò le braccia.

– Tu non ne parli mai.

– Magari c'è un motivo.

– Massimo, cerca di capirli. È il loro modo di preoccuparsi per te.

146

– Certo, certo. In fondo siamo quasi una famiglia,
no? Ognuno si prende cura dell'altro. Loro si preoc-
cupano per me, e io mi preoccupo a causa loro.

Vai, Massimo. O ora, o mai più.

– Comunque, facciamo così, per evitare notizie false
e tendenziose. Appena tutta questa buriana del caso è
finita, se ti va, andiamo a cena insieme. Così vedrai che
la voglia di conoscermi ti passa completamente.

Il sorriso della commissaria, adesso, arrivava più o
meno alla radice dei capelli.

– Bene. Allora vuol dire che dovrò sbrigarmi a risol-
verlo. Il che significa che adesso, con enorme dispia-
cere, mi tocca privarmi della tua presenza. Ci si vede
domani al bar?

– Certo. Dove vuoi che vada?

Dieci

– «"Mio marito si è ucciso, lasciatelo in pace". Parla Terje, la moglie di Atlante: "soffriva da tempo di depressione, aveva già tentato il suicidio"».

Il Rimediotti fece un rumore di dubbia interpretazione manifestando chiaramente insofferenza verso qualcosa, forse le affermazioni della signora, chissà. Quindi, tenendo sempre il giornale aperto e perfettamente disteso come un lenzuolo appeso ad asciugare, continuò:

– «A pochi giorni dalla tragica scomparsa di Atlante il Luminoso, abbiamo incontrato la vedova, la signora Terje Luts. In esclusiva per questo giornale, ha accettato di parlare del marito e di rivelarci alcuni retroscena della sua vita, i quali gettano una nuova luce sulla scomparsa del noto sensitivo».

– «"Mio marito soffriva da tempo di una forma di depressione nota come disturbo bipolare", dice la signora, "ed era in cura da uno specialista. Da circa quindici anni seguiva una terapia farmacologica rigorosa. Da molto tempo, ormai, il suo umore si era stabilizzato, e la sua vita era perfettamente normale"».

– Ba', 'nzomma, normale... – commentò Pilade.

– Dio bòno, artro che normale – rispose Ampelio. – In fondo, era un impiegato pubblico. La gente andava lì cor un probrema, lui prima diceva di paga' e poi le pigliava per ir culo. È come lavora' in Comune, a parte quelle sette o otto pause caffè.

– «Abbiamo chiesto alla signora se il marito avesse mai, in precedenza, tentato di togliersi la vita o di compiere atti di autolesionismo. La risposta della signora è decisamente significativa» –. Gino sistemò meglio il giornale. – «"So che mio marito, prima che ci conoscessimo, ha avuto delle traversie personali che lo avevano turbato molto, legate al mondo dello sport. Mio marito ha sempre fatto ciclismo a livello agonistico, anche adesso, da veterano. Ha partecipato all'ultima gara appena qualche settimana fa. Ma da giovane Marcello era un ottimo ciclista dilettante con un possibile futuro da professionista, quando venne trovato positivo ad un controllo antidoping. Tutti si dopavano, all'epoca, ma lui forse dava fastidio a qualcuno, non so. La carriera gli venne stroncata sul nascere. So poco di questa storia, mio marito non ne parlava volentieri, ma alcune persone che lo conoscevano, forse per consolarmi, mi hanno detto che tentò di togliersi la vita"».

– Me lo rìordo – interruppe Ampelio. – Era un giorno d'estate, c'era la Coppa Agostoni.

– Ecco, bravo – lo rimbeccò Pilade. – C'era significa che ora 'un c'è più. Lo fai leggere, il Rimediotti, che ha anche il mal di gola, pover'omo?

– De', e se tu vòi Gino si deve preoccupa' der mar di gola – si difese Ampelio.

Incredibile, ma vero, pensò Massimo. È una roccia, il Rimediotti. Sono quarant'anni che lo conosco, e sono quarant'anni che lo vedo messo in quel modo lì. Sembra che regga l'anima colla dentiera, ha due bypass e fuma, fa la collezione di protesi, ma è sempre lì. Poi, una volta al mese gli succede qualcosa. Asma, ischemia, mal di schiena, polmonite, nulla: ogni volta lo rimontano e lo rimettono in piedi. Invece ogni tanto leggi di gente che non ha mai avuto un raffreddore in vita sua che si taglia un'unghia, gli viene un'infezione e va al creatore nel giro di una settimana. Niente da fare, 'sti vecchi hanno un'altra tempra.

– «"Ultimamente, io e mio marito avevamo avuto un aspro disaccordo. Motivi umani, legati alla sua professione. Avevamo deciso di lasciarci. O, meglio, io avevo deciso di lasciarlo. Non è stata una decisione facile, e quando gliel'ho comunicata, ho preferito poi allontanarmi, immediatamente, per non vederlo per qualche giorno. Di certo non mi aspettavo che reagisse in questo modo". Le chiediamo se può spiegarci meglio quali contrasti abbiano generato questa decisione, ma su questo punto la signora, cortesemente ma con fermezza, rifiuta di continuare. "Non posso dire di più, c'è un'indagine in corso. E ho fiducia negli inquirenti, so che la polizia sa fare il suo lavoro. Ma so che c'è una persona indagata per l'omicidio di mio marito, e spero che chi indaga si possa presto rendere conto che non c'è stato nessun omicidio"». Boia, che donna. A me mi fa impressione.

– Anche a me mi fa 'na certa impressione – si inserì Ampelio. – Ma no quella che fa a te.

– Oìmmei Ampelio, potrebbe esse' la tu' nepote.

– E chi devo guarda', quelle della mi' età? Son bone per ir brodo. A proposito di donne dell'età giusta, Massimo, la tu' futura fidanzata che dice?

Nella pratica professionale delle chiacchiere da bar, in questi casi è raccomandabile stare al gioco. Prenderla con leggerezza, sapendo che non lo fanno con cattiveria, ma solo perché sono fatti così. Da queste parti, prendere qualcuno per il culo è una dimostrazione di affetto e, insieme, un palese riconoscimento alla sua intelligenza e alle sue capacità sociali. So che sei una brava persona, so che puoi capire che ti sto prendendo per il culo, e quindi ti prendo per il culo: ci si diverte tutt'e due. Se uno si offende di fronte a queste innocue provocazioni, è una persona con cui è bene non perdere tempo. E concedere tempo a chi non se lo merita è uno degli errori peggiori che un essere umano possa fare. A vent'anni come a ottanta, ma di più a ottanta.

– Segreto istruttorio. Dovrete chiederlo direttamente a lei –. Massimo, con un gesto d'altri tempi, guardò l'orologio al polso. – Tanto tra poco arriva. È quasi l'ora del cappuccino numero due.

– Allora, allora? Confessa, confessa?

La commissaria tirò su dalla tazza un labbro superiore adorno di schiuma. Poi, posata la tazza, guardò Ampelio per un attimo con sguardo vacuo. Da quando era entrata nel bar, aveva aperto bocca solo allo scopo di farci entrare del cappuccino.

– Ora, Ampelio, secondo lei io mi metto a parlare del caso qui, al bar, di fronte a tutto il paese?

– Come, tutto il paese? Ci siamo solo noi quattro.

– Appunto – confermò la commissaria. – No, non confessa. E non confesserà mai. Tanto vale che ve lo dica, tanto fra poco lo saprà tutto il mondo: Gianfranco Benedetti è stato rilasciato. Non è più in stato di fermo, in quanto non è più accusato dell'omicidio di Atlante il Luminoso.

La delusione invase i volti dei quattro.

– O come sarebbe?

– Non come sarebbe, signori miei, come è – rispose la commissaria, con calma imposta.

– Ma è un delinguente!

– E infatti le accuse di truffa aggravata e di simulazione di reato rimangono intatte – replicò Alice, addolcendo la voce un pochino. – Ma non possiamo più trattenerlo per omicidio.

– E mi sembra un ber lavoro – sentenziò Ampelio. – Così ora chiappa e si dà alla macchia. Ma si rende 'onto?

– Ampelio, per cortesia, cominci a rendersi conto lei che qui dentro il poliziotto sono io.

Detto con una durezza quasi fuori luogo. Che, tuttavia, Massimo classificò opportuna. Va bene che son tanto simpatici, ma quando esagerano è bene rimetterli in ruga.

La commissaria, dopo aver picchiettato alcune volte con la tazza sul piattino, prese un bel respirone, e poi spiegò, con voce già più normale:

– Non è più accusato dell'omicidio perché non c'è stato nessun omicidio. Marcello Barbadori si è sparato da solo. Il risultato dell'autopsia non lascia adito a dubbi.

– «... le ecchimosi premortem alla mano destra (vedi pp. 3-4), attribuibili senza possibili incoerenze al rinculo dell'arma a seguito dell'esplosione del colpo, così come le piccole ferite riscontrate in sede orale, e compatibili con la canna dell'arma, sono del tutto sovrapponibili all'ipotesi meccanicistica per cui la canna suddetta sia stata introdotta dal basso verso l'alto, e con il grilletto rivolto verso l'esterno, nella bocca aperta del soggetto».

Bocca aperta. Esattamente come i vecchietti, rimasti lì, con la dentiera all'aria da cinque minuti, mentre la commissaria terminava di leggere i punti salienti dell'autopsia.

– «Per tutto quanto riassunto ed evidenziato in precedenza, la situazione non presenta incompatibilità di nessun tipo con la ricostruzione effettuata in sede dagli organi di polizia». Cioè, in parole povere, Atlante si è sparato da solo, dopo essersi messo la pistola in bocca. Qualsiasi ipotesi diversa dal suicidio è assolutamente non sostenibile. La polizia scientifica lo sostiene. L'autopsia non trova il minimo margine di dubbio su quanto la polizia scientifica sostiene, anzi. Per cui, c'è poco da fare.

– E allora?

La commissaria guardò negli occhialoni il Rimediotti, che sembrava quello meno convinto.

– E allora, pace –. La commissaria chiuse la cartellina e la ripose nella borsa. – Se vi ho letto questo è proprio perché non voglio che ci siano dubbi in proposito né che la cosa continui a essere discussa. Fra l'altro, siete le prime persone a cui lo dico. Non lo sa ancora nessuno, a parte me, voi e il medico legale. Nemmeno quei gasteropodi dei miei sottoposti. Il caso è chiuso, tutto qui. Non c'è nessun omicidio su cui indagare, solo un suicidio da archiviare. E sarebbe meglio per tutti stendere un velo pietoso.

I quattro rimasero in silenzio, per qualche istante, come bambini che guardano la palla rotolare nel burrone.

– Per noi va bene – disse Aldo, voltando all'insù le palme delle mani. – Ma non dovrà spiegarlo solo a noi, mi sa.

– In che senso?

– Lo vede quel tipo che sta attraversando la rotonda?

La commissaria strinse gli occhi, cercando di mettere a fuoco al di là della porta a vetri.

– Maglietta rossa, capelli tinti, piedi a papera?

– Esattamente –. Aldo si alzò dalla sedia. – Si chiama Saverio Brunetti, è un giornalista del «Tirreno». Sbaglierò, ma secondo me fra trenta secondi entra qui dentro.

Capita, a volte, che l'armonia di un gruppo si guasti al solo apparire di una persona, e che il semplice arrivo di un essere umano riesca a distruggere la naturale sintonia con la quale, fino a quel momento lì, ci si era capiti quasi senza parlarsi. Persone che si alzano, gambe che si accavallano e discorsi che si contraggono

154

fino a comprendere solo ed esclusivamente parole di non più di due lettere. Esattamente l'impressione che si sarebbe potuta avere quando il dottor Brunetti varcò la soglia del BarLume.

– Buongiorno a tutti.

– A lei – rispose Pilade, visto che nessun altro si prendeva la briga.

Il giornalista si guardò intorno. Più che in un bar, si aveva l'impressione di essere nella sala d'aspetto del dottore. Poi, in mezzo al gruppo di facce visibilmente intente a farsi, non senza imbarazzo, i cavolacci loro, vide un volto che lo puntava con curiosità, e tentò l'approdo.

– Permette? Brunetti, del «Tirreno» –. Il giornalista tese la mano verso la commissaria.

– Martelli, Polizia di Stato – rispose la commissaria, laconicamente.

– Però. Che precisione –. Il dottor Brunetti, cercando sostegno per darsi un contegno, si appoggiò al bancone. – Fa sempre una certa impressione, sentire «di Stato». Mi fa pensare ai paesi della cortina di ferro. Quei paesi in cui qualsiasi cosa non fosse proibita era obbligatoria, ha presente?

– Vagamente – rispose la commissaria. – Sa, io sono nata negli anni ottanta.

– Bene. La persona ideale, per indagare su questo tipo di crimini. Ci vuole una nativa digitale, per seguire bene tutto questo intreccio di telefoni e intercettazioni ambientali. E di personaggi sordidi. Senta, le potrei fare qualche domanda?

La commissaria, con professionale freddezza, evitò

di mettere i piedi sul tappeto di adulazione che il giornalista le aveva steso davanti.

– È il suo lavoro. Abbia pazienza, però, se non le rispondo.

– Pazienza? – Il giornalista ridacchiò, estraendo il taccuino. – Sono sposato da vent'anni, pazienza ne ho da vendere. Io le chiedo, lei, se vuole, mi può anche mandare al diavolo. Ci sono novità, sul caso, rispetto a quello che si sapeva ieri?

– Sì.

Il dottor Brunetti rimase con la penna a mezz'aria. Poi, resosi evidentemente conto che era il caso di cambiare approccio, prese la penna e vi rimise il cappuccio con cura.

– Va bene, ho capito. Potrei, allora, chiederle se può in qualche modo ricostruire con parole sue la scena del crimine?

– Non credo sia il caso. Ci sono ancora delle incoerenze a livello medico-scientifico.

– Ho capito. Senta, le chiedo solo qualcosa sulla vittima. Abbiamo intuito che il Barbadori svolgesse la sua attività di mago in modo, diciamo così, deontologicamente non troppo corretto.

– Sì, è effettivamente così – confermò la commissaria. – Adesso non posso dirle molto di più, ma dalla denuncia della moglie è emerso che il Barbadori era sostanzialmente un truffatore.

– Be', un po' come tutti i maghi, no? E si approfittava anche delle clienti, o mi sbaglio?

– Questo non mi risulta. Nel modo più assoluto.

Il dottor Brunetti fece una faccia da uomo di mondo, che ha alle spalle cinque anni di militare a Cuneo, invece dei dieci a Rebibbia che la commissaria aveva vistosamente voglia di affibbiargli.

– Via, signor commissario. Una piccola anticipazione non ucciderà nessuno. Sennò perché lei definirebbe Atlante un sudicio?

La commissaria guardò il giornalista, per la prima volta, con apparente curiosità.

– Che cosa?

– Ho saputo da fonte sicura che lei ha definito la vittima come «un sudicio». Di solito questi termini si usano in un ambito preciso. Non è esattamente il modo in cui definirei un truffatore.

In effetti, la parola non sembrava coerente.

– Mai detto in vita mia che il Barbadori era un sudicio.

Fu il giornalista, stavolta, a rimanere spiazzato, con gli occhi che provarono rapidamente a esplorare il volto della commissaria, in una rapida triangolazione occhi-bocca-sopracciglia, per tentare di capire se la tipa stesse dicendo la verità.

– Sì, ecco. Cioè, lei non ha mai detto... – chiese, verbalmente, alla commissaria, mentre lo sguardo faceva un'altra domanda in giro per il bar.

A quel punto, Ampelio sbottò.

– Gino, cosa ciai scritto nel messaggino?

– Come, cosa ciò scritto? Ciò scritto quello che s'è detto. To', guarda vì –. E il Rimediotti estrasse dalla tasca destra un cellulare di epoca babilonese. – «Arrivata commissaria. Dice Atlante è un suicidio».

Pilade, da sopra la spalla di Gino, si sporse sul piccolo schermo, strizzando le palpebre.

– Gino, Dio Cristo – disse dopo un attimo, indicando il telefonino col ditone – lì non c'è scritto «suicidio». Lì c'è scritto «sudicio».

– Come? – Il Rimediotti si alzò gli occhiali sulla fronte. – O questa?

– Gino, ma 'un sei bòno nemmeno a manda' un messaggino?

– No, Dio bòno... – si difese il Rimediotti, mandando il cursore avanti e indietro come se questo potesse cambiare qualcosa. – Io avevo scritto suicidio... Vedrai dev'esse' stato ir ti nove...

– Ti nove una sega – lo rimbeccò Aldo. – Vede, signorina Alice, gli SMS si mandano col pollice opponibile, che è quello che ci distingue dai primati. Si vede che, sulla via dell'evoluzione, il Rimediotti è rimasto a mezza strada. E comunque io gliel'avevo detto, che era un'idea del cavolo.

La commissaria, che era rimasta per qualche secondo come paralizzata, voltò la testa verso Gino, con l'aria di chi ha appena trovato chi gli ha tagliato le gomme del SUV.

– Gino, mi scusi, lei ha mandato un messaggio al signore qui presente per avvertirlo di quello che vi avevo appena detto?

– No, cioè, ner senso... Noi s'era parlato, a suo tempo, e lui ciaveva chiesto...

– È tutta colpa mia – intervenne il giornalista, in un eroico tentativo di salvare la vita al Rimediotti. – Io avevo chiesto a questi signori, in via del tutto confidenziale, di avvertirmi nel caso in cui fossero venuti a sapere di sviluppi nelle indagini, o se avessero ricevuto da lei qualche confidenza...

– Senta, dottor Brunetti, i signori qui presenti sono clamorosamente maggiorenni, per cui se l'hanno avvertita sapevano quello che facevano –. La commissaria, alzandosi, si diresse verso la cassa. – Lei, a parte fare il giornalista, non ha colpe di nessun tipo. Adesso ha saputo che è un suicidio, lo può scrivere. I particolari se li inventi pure, credo che sappia come fare.

Il giornalista, alzandosi anche lui, provò una manovra di avvicinamento.

– Senta, signor commissario, io sto facendo il mio lavoro. Potremmo provare a venirci incontro?

– Venirci incontro? Scusi, eh –. La commissaria, che fino a quel momento aveva rufolato nella borsa con irritazione crescente, risolse in modo drastico rovesciandola sul bancone, con un improvviso rumore di cantiere. Poi, dopo aver contemplato per un attimo il disastro fatto di trucchi, tabacchi e altri oggetti tra i più disparati, acchiappò una monetina da due euro che stava rotolando in salvo verso la zuccheriera e la posò di malagrazia sul piattino davanti alla cassa. – Potremmo, se avessimo entrambi lo stesso scopo.

– Io credo di sì –. Il giornalista si rimise in tasca il taccuino, schiudendo le labbra carnose in un sorriso sicuramente fatto con le migliori intenzioni, ma che risultava falso come un biglietto da tre euro. – Senta, signor commissario, io e lei siamo come due medici che hanno in cura lo stesso paziente. Solo che io sono un radiologo, e lei è un chirurgo. Io diagnostico, e lei ripara.

La commissaria, intenta a raccattare effetti personali, non rispose. A giudicare dalla faccia, l'unico indizio che si poteva dedurre era il rimpianto di non essersi portata un'accetta in borsetta.

– Anche lei può diagnosticare, lo so – provò a continuare il dottor Brunetti. – Ma per diagnosticare lei ha bisogno di aprire. Di tagliare col bisturi. Di affondare nelle carni. Le sue indagini non sono mai indolori. Qualsiasi persona, dopo che le è passata davanti, si ritrova con un bel taglio fresco fresco. E se all'inizio questa persona era sana, magari dopo potrebbe non esserlo. La ferita potrebbe fare infezione, sa, anche se eseguita a regola d'arte.

– Forse –. La commissaria, dopo aver riempito nuovamente la borsa, ne impaccò il contenuto con una bella scrollata, per poi dirigersi verso la porta. – Ma almeno il danno è locale. So dove disinfettare, se dovesse succedere qualcosa. Però, da fisica, so che un sistema di qualsiasi tipo viene modificato in qualsiasi modo lo si manipoli. Il solo fatto, che so, di misurarlo, di andare a cercare informazioni sulla sua natura, lo può influenzare pesantemente. Una esposizione eccessiva a certi mezzi può essere deleteria, sa? Non fraintenda, eh, quando parlo di sovraesposizione intendo parlare di raggi X. Passa qualche tempo e ti ritrovi pieno di metastasi.

– Scusi, mi sta accusando di qualcosa di specifico?

La commissaria, già con la mano sulla maniglia, si voltò.

– Mettiamola così: ho il ragionevole sospetto che, se nessuno avesse scritto a caratteri cubitali sui giornali che la signora Vanessa Benedetti era scomparsa, in questo momento avremmo al mondo un truffatore di più, ma anche un morto in meno –. La mano della ragazza, con energia, afferrò la zip della borsa e la chiuse con decisione, per poi girare la maniglia e aprire la porta con energia. – Buona giornata a tutti. Intendo per voi, sia ben chiaro. Per me, ormai, è definitivamente una giornata di merda.

E, varcata la soglia, partì a ritmo di femmina incazzata verso non si sa dove, ma di sicuro lontano dal bar.

Undici

Per le località balneari, il quindici di agosto è un vero e proprio spartiacque.

La stagione del calendario, quella ufficiale, è convinta di avere diritto a chiamarsi estate fino al ventuno di settembre: ma l'estate della nostra testa di animali in vacanza, quella fatta di mare, sole, sabbia e abbronzatura, dal giorno sedici dell'ottavo mese cambia definitivamente colore e prospettiva.

Il primo effetto, come sempre accade nelle località di mare, è la ripartizione territoriale. Fino al giorno prima, gli autoctoni sopportano più o meno benevolmente i turisti, nella consapevolezza che da loro dipende una parte consistente del proprio fatturato, e si lasciano invadere senza battere ciglio, anzi, sorridendo quasi. Dal sedici in poi, non se ne può più. E dovunque, nelle edicole, nei bar, nei ristoranti, ricominciano ad affacciarsi gli indigeni, che piano piano riprendono possesso dei centri nevralgici del luogo, insieme con le loro abitudini quotidiane. Pochi clienti, quindi, e quei pochi abituali.

L'ideale, per far iniziare un apprendista.

– Un ponce?

– Un ponce – confermò la Postona. – Ma 'un basta dillo, me lo dovresti anche fa'.

Ammiccando col mento verso l'alto, da dietro il bancone del BarLume, Marchino sorrise con l'aria di chi fino al giorno prima gestiva un paio di discoteche tra Broadway e South Kensington e ora, per scelta di vita, eh, sia chiaro, lavora in un bar a Pineta.

– O Annacarla, ma così a stomaco vuoto mi vai a prende' un ponce? Poi vai a giro col motorino e m'addirizzi tutte le curve. Dammi retta, stamani ti faccio provare un bel marocchino lungo con la cannella sopra, vedrai poi mi ringrazi.

Da sopra a uno sgabello decisamente sofferente, Annacarla guardò Marchino con aria insofferente.

Annacarla Boffici, la portalettere preferita del paese, detta la Postona in virtù del proprio lavoro e della propria mole, entrava al BarLume alle nove in punto da circa dieci anni: e, da circa dieci anni, dopo essersi piazzata con sprezzo del pericolo su uno degli sgabelli di fronte al bancone, ordinava un ponce.

– Ascorta, palle, il marocchino con la cannella lunga lo porti alla tu' mamma – ordinò, indicando una tazzina di vetro in cima alla macchina del caffè. – A me la mattina mi ci vòle un ber ponce. Però sullo stomaco vòto potresti anche ave' ragione. Dammi un po' un par di paste, vai.

– Poi ingrassi, Annacarla – osservò Ampelio.

– E ingrasserò –. La donna ridacchiò, arraffando il pezzo dolce numero uno. – Tanto ar mi' Attilio ni garbo così. Stamani quando sono uscita m'ha detto che ero bella come un raggio di sole.

– Mah, a me più che un raggio mi sembri tutta la ròta – osservò Ampelio. – Se ti si mette accanto a Pilade, si fa una bicirètta intera.

Sunlasmettitisartosopra, disse lo sguardo di Pilade ad Ampelio.

– Ah, a proposito di bicirètte – disse Annacarla, dopo aver deglutito il cornetto senza quasi nemmeno masticarlo – ciò una lettera da conzegnare, ma mi sa che 'un faccio più a tempo.

– In che senso?

– To', guarda qui – disse la Postona, frugando nella borsa con la mano sinistra, mentre con la destra si accertava della presenza del secondo cornetto nel piattino. – È una lettera della Federciclismo, sezione Toscana. Indirizzata a Barbadori Marcello, via delle Begonie 71, Pineta.

Vederevedere, disse la mano di Pilade, tendendosi verso la borsa della Postona.

– Ò, ma cosa fate? – chiese Marchino.

– Lui, vedrai, 'un gli interessa più.

– Ma arriva gente!

In effetti, al di là della porta a vetri, si vedeva qualcuno in arrivo. Ma Ampelio, dopo aver alzato lo sguardo un secondo, derubricò subito il problema.

– No, macché gente, lui si conosce – rassicurò, per poi chiamare ad alta voce: – Massimo, c'è 'r tu' amico capostazione.

– Capostazione? – Marchino strinse gli occhi. – Lo conosco lui, è un dottore.

– Sissì, ma di trenini se ne 'ntende lo stesso.

Massimo, che era appena uscito dalla sala biliardo, si diresse verso la porta a falcate rigide.

– Nonno, cazzo, non ti sembra di avermene fatte fare abbastanza, a te, di figure di merda, nell'ultimo paio di giorni?

– Ò, l'avevi detto te, d'avvertitti...

– La prossima volta avvertimi sparando un colpo – disse Massimo, togliendosi il grembiule nero da davanti. – E non in aria, se possibile. Guarda com'è stato bravo il Barbadori, e prendi esempio. Ciao Cesare.

Con grazia sorprendente, in fondo si parla di un ortopedico, Cesare Berton si chiuse la porta alle spalle, entrando così completamente dentro il bar. E, come sempre, sorrise. Un sorriso luminoso e affascinante, denti bianchi a contrasto con la pelle abbronzata, che insieme alla camicia di lino, allo sguardo franco e alla testa dritta sulle spalle, dava di Cesare esattamente l'impressione di quello che era: un medico in piena carriera, sicuro di se stesso e del suo posto nel mondo. Incluso il motivo per cui si trovava lì, quella mattina.

– Ciao Massimo. Ti aspetto fuori?

– Arrivo, arrivo –. Massimo si voltò verso il bancone, dove Marchino alzò la testa mettendosi quasi sull'attenti. – Allora, Marchino, quello che devi sapere te l'ho spiegato. Per qualsiasi altra cosa...

– Tranquillo, Massimo, ci penso io – sorrise Tiziana, a trentadue denti. Non capita a tutte di trovarsi a dover dare ordini all'ex marito sul posto di lavoro, e già quello basterebbe. Ma Massimo aveva l'impressione che, fosse stato solo quello, il sorriso sarebbe stato diverso. E la cosa, in fondo, lo consolava.

– Vai, perfetto. Torno fra una mezz'oretta. Dopo di lei, dottor Berton.

– Dopo di lei, dottor Viviani.

– Ah. Mi metti quell'alfiere lì?

– Ti disturba?

– No no, anzi –. Massimo, dall'alto, calò la mano su di un cavallo e lo posò su una casella nera, non troppo lontano dall'arrocco di Cesare. Poi la mano, trasformatasi da pinza in maglietto, colpì con convinzione il tasto del cronometro. – Era da tre mosse che lo aspettavo.

Cesare, guardando la scacchiera, si rese conto che il cavallo di Massimo, muovendosi, aveva liberato la traiettoria ad un alfiere che si trovava, allineato in diagonale, esattamente davanti alla regina. E che puntava, dritto dritto, verso il suo re. Un re protettissimo, pedoni davanti e torre di lato, e per questo praticamente immobile.

– Daaai... – La mano di Cesare, dal lato della scacchiera, ricadde sulla coscia. – Cacchio, lo scacco di scoperta no. È umiliante.

– Concordo. Adesso, hai tre scelte.

– Le quali tutte portano al matto in due mosse, grazie –. Cesare, con un ditino, spostò il re fuori dal suo baricentro, facendolo cadere sulla scacchiera con un rumore pieno, legno contro legno, in contrasto con la delicatezza del gesto. – Certo che giocare con il cronometro cambia tutto.

– Sì, c'è del vero. Anche giocare con uno più forte di te però aiuta. Oh, bene – disse quindi Massimo, mentre Aldo si accostava al tavolo con un vassoio in mano. – Mi sembrava di aver assunto un apprendista, ma mi ricordavo che fosse un under 30.

– Sì, di quoziente intellettivo – ribatté Aldo, posando due caffè sul tavolino, uno per entrambi. – A proposito, Massimo. Forse sarà il caso che tu gli ridica anche qualcosa, a nonno e a quegli altri.

Massimo, mentre Aldo parlava, annusò con aria concentrata.

– Sarà anche scemo, ma il caffè lo sa fare – approvò Massimo. – Cos'hanno fatto, stavolta?

– Ma niente, è che è passata or ora la Postona. Aveva una lettera indirizzata al Barbadori.

– Ma chi, Atlante il Rutilante? – chiese Cesare, anche lui con la tazzina sotto il naso. – Vabbè, dai, anche se se la son fregata cosa vuoi che sia. Tanto lui non aveva bisogno di leggerle per sapere cosa c'era scritto. Né prima, né ora.

– Te ci scherzi, Cesare, ma non hai idea di che figure di merda mi hanno fatto fare ultimamente – rispose Massimo, prima di posare le labbra sulla tazzina. Dopo aver assaggiato, inclinò la testa sul lato destro. – Buono, buono. Bravo Marchino. E cosa ci sarebbe scritto in questa lettera?

– Eh, che c'è scritto. C'è scritto che il Barbadori era un truffatore a trecentosessanta gradi –. Aldo, chinandosi con cautela, cominciò a mettere le tazzine sul vassoio. – La lettera viene dalla Federazione ciclistica.

Fondamentalmente, è un avviso di sospensione caute-
lativa. Pare che il Barbadori sia stato trovato positivo
all'antidoping. A una gara over 40 in Garfagnana, un
mesetto fa.

– Positivo all'antidoping?

– Sissignore –. Aldo ridacchiò. – Corticosteroidi. Cortisone, in poche parole.

– Uno che faceva le gare amatoriali?

– Ah, se è per quello, a sentire Ampelio è proprio lì
che ci sono le peggio cose. E fatte anche male. Via, signori, che voto gli diamo all'apprendista?

– Io gli do un bel sette pieno – disse Cesare, indicando la tazzina. Poi, come Aldo si fu allontanato, completò: – Al caffè, intendiamoci. All'apprendista, visto
dall'esterno, tra il quattro e il cinque. Ancora non capisco cosa ci trovi, la Tiziana, in quel coso lì.

– Mah, cosa ci trovava – disse Massimo, restando sul
vago. – A quanto so Tiziana s'era anche un po' stufata di uno che in casa era come se non ci fosse.

– Sì, per ora. Fidati, fidati –. Il dottor Berton si sporse in avanti di una decina di gradi. – Guardali lì. C'è
intesa, dai, si vede. Poi i lavori domestici si imparano,
sai. Anche uno che non ha mai preso in mano una ra-
mazza, dai e dai, quando si rende conto che non c'è più
mammina si dà una mossa –. Cesare si rilassò, appoggiandosi bene allo schienale. – Prendi Emanuele. Quando siamo andati a stare insieme, cinque anni fa, non
muoveva un dito. Classico figlio unico viziato. L'altro
ieri ha montato un reggimento di mensole. E tieni
conto che a casa mia fare un foro in un muro è un'im-

presa da chiamare il Genio Pontieri. Fuori ci sono i muri di pietra spessi un metro, dentro è tutta rete elettrosaldata, e tutto quanto. Non ha detto boh, è uscito a comprare la punta apposta per il trapano, è tornato e si è messo lì che sembrava che dovesse costruire il tunnel della Manica. Massimo, ti senti bene?

Benissimo, avrebbe voluto dire Massimo.

Quando gli capitava, era meraviglioso.

Non era come una luce che si accendeva, ma piuttosto come se d'improvviso gli si dispiegasse davanti una rete, una specie di istantanea di un fuoco d'artificio appena esploso, in cui ogni nodo, ogni lapillo che si dipartiva era un episodio, una frase, un particolare di cui bastava seguire la traiettoria, la traccia di scintille che portava all'ultima detonazione che l'aveva generato, e da lì ancora a ritroso, fino ad arrivare al punto di partenza, all'origine di tutto, alla traiettoria rettilinea dal cannone al cielo che univa dal principio alla fine tutti quegli eventi, da quelli più effimeri a quelli più clamorosi.

Dalle frasi più banali, alla morte del Barbadori.

O meglio, all'omicidio del Barbadori.

Perché ho appena capito chi è stato.

– Chi è stato a fare cosa?

Massimo aprì gli occhi. Mamma mia, inizio a parlare da solo anche quando c'è gente.

– Sì, ora te lo spiego – disse, cominciando a rimettere a posto i pezzi sulla scacchiera, con il tremito alle mani per l'emozione. – Metto a posto e poi ti spiego. Anzi, prima ti devo fare una domanda.

– Speriamo di saper rispondere.

– Credo di sì, è una cosa di cui abbiamo parlato già una volta, un paio di anni fa. Però, senti, ti dispiace se andiamo in sala biliardo?

– No.

Dopo aver annuito tre o quattro volte, in completo disaccordo gestuale con l'ultima parola appena detta, il dottore ribadì:

– No, non è impossibile quello che mi dici. Anzi. In più, c'è l'aspetto della recidività.

– Recidività? Cioè, intendi che Atlante aveva già tentato il suicidio?

– Esattamente –. Cesare, appoggiato sulla sponda del biliardo, tamburellò con le dita sul legno. – Sai, di teorie psichiatriche sul suicidio ce ne sono parecchie. C'è quella di DeBenedetto, che è principalmente evolutiva, e c'è quella di Baumeister, che invece è condizionale. Parla, cioè, delle condizioni che si devono verificare perché una persona decida di togliersi la vita. Sono due cose diverse, e non c'è accordo sulla loro validità. Su un punto, però, tutti gli psichiatri sono d'accordo.

Cesare si staccò dal biliardo, si voltò verso il panno e prese una biglia in mano; e, dopo averla fatta rotolare con cura sul piano, tenendola fra pollice e medio, la fece partire. La palla, dopo aver mancato di un soffio il castello di birilli, descrisse un rombo quasi perfetto, rimbalzando su una sponda, poi su una seconda, e poi su una terza, per poi rotolare inesorabile verso il birillo centrale, ed abbatterlo senza che il proprio movimento ne venisse minimamente alterato. Cesare, che si era spostato sul lato opposto, aspettò che la biglia gli tornasse docilmente in mano, prima di voltarsi nuovamente verso Massimo e di parlare.

– Il più accurato predittore di un suicidio è un precedente tentativo di suicidio. Chi ci ha già provato una volta è molto più a rischio di chi non ci ha mai provato. Sembra una banalità, ma non lo è. Sono pochissime le manifestazioni umane che seguono questa regola.

– Inoltre, c'è un'altra cosa che collima – disse il dottore, aprendo quelle mani che fino a quel momento aveva tenute giunte, come se pregasse di credergli. – Il desiderio di togliersi la vita è spesso figlio di una fluttuazione violenta.

La commissaria, per un attimo, distolse lo sguardo dal dottor Berton, portandolo su Massimo, che annuì.

– Una vita peggiore di quella che ti aspettavi può essere frustrante. Una vita in cui, all'improvviso, ti viene sottratta la prospettiva più significativa dell'esistenza, può condurti sull'orlo di un balcone. Sai, le principali vittime di suicidio nel mondo occidentale sono i carcerati. Eppure, la maggior parte dei suicidi in carcere avviene nel corso della prima settimana di detenzione. Lei, di sicuro, lo saprà meglio di me.

– No. E, mi perdoni, da adesso in poi tenterò di dimenticarmelo. Mi sembra che lei sia parecchio più esperto di me, sull'argomento.

– Sono un dottore. Certe cose le ho studiate.

E sono un omosessuale, ovvero la categoria al secondo posto, subito sotto i detenuti, nella classifica di cui si parlava prima. Ma questo, il dottore non lo disse. Massimo lo sapeva, e la commissaria parve intuirlo da sola.

– Ho capito. Ho capito. E mi torna. Solo, dovremmo essere in grado di provarlo. Dovremmo essere in grado di verificare che questa cosa non solo è stata fatta, e dall'autopsia non sembrano esserci dubbi, ma è stata fatta intenzionalmente. Non vedo nessun possibile modo per riuscirci.

Non passò nemmeno un secondo. Massimo, alla «ci» di «riuscirci», aveva già alzato un dito, guardando Alice con tutta la serietà di cui era capace.

– Ah, un volontario –. Alice sorrise, ma solo perché c'erano estranei. – Guarda che ti interrogo, sai? Che materia scegli?

– Di sicuro non la medicina. In fondo la persona di cui stiamo parlando non è un medico –. Massimo alzò le sopracciglia. Gli sarebbe piaciuto alzarne uno solo, ma non ne era capace. – Matematica. Pensavo al teorema del carabiniere.

– Guarda, bello, che caschi male –. La commissaria irrigidì il proprio sorriso. – Qui siamo in polizia. Lo sanno tutti, che polizia e carabinieri non vanno d'accordo. Ognuno si fa le indagini nel modo che preferisce, ed è meglio non sovrapporre le cose.

– Lo so, lo so. Ognuno indaga per conto proprio –. Massimo tenne le palme delle mani verso il basso, per poi voltarle verso il soffitto, in modo naturale. – Ma secondo me, questa è la volta buona per fare pace.

Mentre parlava, Massimo ammiccò brevemente verso il monitor del computer, accanto ad Alice. E, dopo qualche secondo, vide dal sorriso della commissaria che il significato concreto di quello che aveva appena detto era arrivato anche al di là della scrivania.

– Scusate – si intromise il dottore – ho l'impressione che stiamo perdendo il filo del discorso. Cos'è, esattamente, il teorema del carabiniere?

– È un teorema di analisi – disse la commissaria, continuando a tenere lo sguardo fisso su Massimo, con le pupille visibilmente allargate. – In realtà, si chiamerebbe teorema della maggiorante e della minorante. Se esistono tre funzioni, la prima delle quali è sempre maggiore delle altre due, e la terza delle quali è invece sempre minore delle altre due...

– ... nel caso in cui sia la prima che la terza funzione tendano ad un limite finito l, che è lo stesso per entrambe le funzioni, allora anche la seconda funzione deve tendere allo stesso limite.

– Ho capito – mentì il dottor Berton, dopo aver fatto finta di pensarci un attimo. – E questo come dovrebbe aiutarci?

– Vede, è un po' come dire che la prima e la terza funzione si comportano come carabinieri. Si mettono in coppia, prendono la seconda in mezzo, e la accompagnano in galera –. La commissaria, adesso, sembrava una volpe anche oltre il sorriso. – Esattamente come faremo noi con la signora Terje Luts in Barbadori, nel caso in cui troviamo quello che Massimo si aspetta.

Epilogo

– «... è stato quindi disposto il sequestro di tutte le apparecchiature elettroniche appartenenti alla vittima, incluso il personal computer sul quale la moglie di Marcello Barbadori svolgeva la sua quotidiana attività di segreteria. E proprio su questo computer, la scoperta che ha permesso la svolta delle indagini: grazie alla cronologia del motore di ricerca, è stato possibile verificare che proprio su quel computer erano state compiute delle ricerche su Internet. Ricerche con parole chiave come "sospensione improvvisa cortisone suicidio", e similari. Richieste inoltrate, oltre che in italiano, in inglese ed in russo. La prova definitiva che, a compiere tali ricerche, fosse stata effettivamente Terje Luts è però arrivata dal confronto della cronologia di Google con quella dei social network che l'assassina era solita frequentare».

Il Rimediotti, nel silenzio generale, alzò la testa da sopra al quotidiano.

– Oh, l'ha chiamata assassina. È un po' temerario, prima del terzo grado di giudizio.

– Vor di' che lo citeranno per diffamazione – rispose il Del Tacca, con un sorriso cinico. – Basta che 'un si venga a lamenta' con noi.

174

– «Dal confronto, è emersa impietosa la verità. Le ricerche sono state effettuate esattamente nei periodi in cui lo stesso computer aveva accesso a Facebook, con l'account personale di Terje Luts, negli intervalli tra i momenti in cui chi aveva avuto accesso chattava e postava sulla piattaforma. "In due casi", ha spiegato il vicequestore Alice Martelli, responsabile delle indagini, "gli intervalli di tempo tra l'invio di un messaggio di chat, una ricerca e il successivo messaggio erano di meno di dieci secondi. Fisicamente impossibile che il computer abbia cambiato utente in quei dieci secondi"». Ah, sarebbe questo ir teorema der carabiniere?

– Esattamente. Scusa, faccio io – disse Massimo, levando di mano a Marchino il portafiltro. Il tuo caffè sarà anche da sette, ma questo cappuccino deve essere da dieci e lode. – La signora Terje non è un medico. Da qualche parte, però, certe informazioni le deve aver reperite.

– Mamma mia, però – disse Pilade, dopo essersi guardato intorno. – Te renditi 'onto in che mondo siamo capitati. Uno, fra compiùte, tablè e cellulari, lascia la traccia qualsiasi cosa faccia.

– Davvero – commentò Ampelio. – Per anda' sempre più veloci, siamo diventati peggio delle lumache. Comunque, che c'era varcosa di strano era chiaro, eh. Che uno come 'r Barbadori, che era uno scalatore, prendesse ir cortisone, 'un è che mi tornasse tanto. Quella è roba da velocisti, devi arriva' in fondo bello in forma, respirando bene, senza senti' dolori. Uno che va in salita per soffri' c'è nato.

Massimo, mentre pigiava il portafiltro nella macchina espresso, annuì con forza.

– Vedi, ognuno giudica per quello che sa. A te è venuto in mente quello, a me è venuta in mente una cosa che mi aveva detto Cesare, quando si parlava dell'omicidio del Carpanesi. Inutile che tu ti tocchi le palle, Marchino, se vuoi lavorare qui è bene che tu ci faccia l'abitudine.

– Sì, scusa. Però a uno potrebbe venire il sospetto, vero...

– Che portiamo merda? Hai voglia. Dicevo, quella volta Cesare mi aveva detto che uno degli effetti non troppo collaterali del cortisone era un deciso miglioramento dell'umore. Uno si sente forte, sicuro, quasi invincibile –. E, per sottolineare il concetto, Massimo premette il tasto della macchina espresso con il mignolo, rischiando di slogarsi una falange. – Così, visto che quando è arrivato Aldo a dirmi questa cosa del cortisone avevo appena fatto a Cesare uno scacco di scoperta, mi sono sorpreso a pensare: cosa potrebbe succedere se a una persona che prende il cortisone, d'improvviso, lo sospendi?

Massimo, afferrato con solerzia il bricchetto d'alluminio, vi versò una robusta dose di latte e lo mise sotto il beccuccio. Il liquido bianco nel bricchetto cominciò a gorgogliare, e a gonfiarsi, senza che Massimo aggiungesse parola. Solo alla fine, girata la manovella del vapore, ricominciò.

– E qui mi ha aiutato Cesare. Se la somministrazione è prolungata, la persona si ritrova dei danni tangibili alle ghiandole surrenali. Una cosa che ad un'autopsia standard può tranquillamente sfuggire. Ma, soprattutto, la persona accusa un calo dell'umore pauroso –. Massimo, con una spatolina, aiutò la schiuma a riversarsi dal bricchetto alla tazza. – Se la cessazione avviene in concomitanza con un paio di notizie che ti cambiano la vita, come la scoperta che sei appena stato denunciato da tua moglie, la quale tra parentesi ne approfitta per comunicarti la decisione di divorziare, che la tua vita lavorativa e il tuo successo sono definitivamente finiti, e che molto probabilmente stai per andare in galera per truffa, ed entrambe le cose sono completamente inaspettate... – Massimo mollò dall'alto il bricco di alluminio, facendolo atterrare nel lavandino con un tonfo metallico e facendo fare un salto sulla sedia al Rimediotti, che era sempre con la testa nel giornale – ... ecco che si verifica la famosa fluttuazione di cui parlava Cesare. La tua vita, la tua prospettiva di vita, viene ribaltata. C'è di che dare la testa nel muro. O peggio.

Cacao, una spolveratina appena. Cucchiaino. Zucchero di canna, due bustine. Una, e due. Ecco qua.

– Oh, grazie – disse Alice, vedendosi mettere davanti l'archetipo di tutti i cappuccini. – E infatti, è andata peggio. Ce l'ha spiegato proprio Cesare, una persona che ha tentato il suicidio è concretamente a rischio di ritentarci, e di riuscirci, nel caso in cui si verifichino di nuovo delle condizioni. Ma se, oltre a creare le condizioni, fai in modo che, il giorno stesso in cui la persona in questione scopre che la sua vita è distrutta, gli togli un medicinale che non era consapevole di prendere, e che ha come conseguenza una caduta verticale dell'umore, diciamo che scommetti in modo piuttosto sleale.

– Sì, ma è pur sempre una scommessa – si inserì Pilade senza difficoltà, dato che l'inserimento di cui si parla non era fisico, ma verbale. – Non poteva avere la certezza che funzionasse. Non poteva sapere che sarebbe andato tutto per ir verso.

– Come tutti noi. La vita stessa è una scommessa. Il che significa che ritieni che avverrà un certo evento, ma sempre basandoti su informazioni incomplete, e con una pesante influenza della direzione temporale.

– Non sono sicuro di aver capito bene – disse Gino, traducendo secondo il Devoto-Oli un pensiero che in realtà era molto più vicino al Vernacoliere, d'altronde ci sono le signore.

– Mi stupirei del contrario, l'ho detto in modo formale apposta. Vi va di fare una piccola scommessa?

Senza aspettare risposta, Massimo prese dal bancone il foglio delle comande e vi scrisse qualcosa, voltandosi verso l'interno. Poi, piegato il foglietto, lo mise sul bancone.

– Adesso, io vi dirò quattro numeri in sequenza. I numeri che vi dirò sono scelti secondo una regola, che ho scritto su di un foglietto, e possono, se lo si vuole, andare avanti all'infinito. Uno di voi, dopo che ho detto i quattro numeri, può dirmi un quinto numero e chiedermi se rispetta la regola che è scritta sul foglietto. Dopo di che può provare a indovinare. Vi va?

Già che siamo qui...

– Allora: due, quattro, sei, otto. Chi di voi vuole provare a dirmi il quinto numero?

– Dieci? – azzardò Aldo.

Massimo, con fare solenne, controllò il contenuto del foglietto sotto lo sguardo divertito di Alice.

– Sì, torna – sentenziò, un attimo dopo. – Qualcuno di voi vuole provare a indovinare la regola?

– De', ci vòr la scienza – disse Ampelio. – I numeri pari, da due in poi.

– Assolutamente sbagliato.

E Massimo, con gesto ieratico, consegnò il foglio ad Aldo. Che, inforcate le demi-lunettes, lesse brevemente:

– «Regola: dato un numero di partenza, qualsiasi numero in sequenza deve essere più grande del numero che lo precede». Ma...

– Ma?

– Ma ci potrebbero essere tantissime sequenze che rispettano questa regola – disse Aldo, indicando la scritta col dito. – Non è univoca.

– Nessuno ha mai detto che lo fosse. Anzi, ho agito in modo da farvi riflettere sulla possibilità che non lo fosse affatto –. Massimo si riprese il foglietto, nel timore che la commissaria potesse notare la sua grafia da quarta elementare. – Come nella vita, ci sono tantissimi esiti possibili. E come nella vita, uno per tentare di indovinare cosa succederà in futuro tende a basarsi esclusivamente sul passato. È una cosa che facciamo tutti –. Massimo fece il foglietto a brandelli, con indifferenza, come se la cosa non fosse importante. – La signora Terje, evidentemente, questa cosa l'aveva capita bene. Fine psicologa.

Seguì un lungo momento di silenzio, dato che Alice si era immersa nel cappuccino, e che il Rimediotti non trovò altro modo di riempire se non continuando a leggere l'articolo.

– «Praticamente, l'ipotesi degli inquirenti è che Terje Luts abbia programmato, in modo metronomico e cinico, una serie di eventi da comunicare al marito in maniera tale da procurargli un vero e proprio shock» – il Rimediotti lesse "sciòcche" – «quali la denuncia eseguita dalla stessa moglie e la conseguente distruzione della sua immagine, oltre alle inevitabili indagini e, presumibilmente, condanne giudiziarie. Un iter da affrontare senza il sostegno della moglie stessa, che contestualmente alla denuncia gli fa sapere della sua intenzione di chiedere il divorzio. Ma tutto questo non avrebbe necessariamente sortito l'esito nefasto che si è verificato, se Terje Luts non avesse fatto in modo da coordinare questa serie di comunicazioni, e le loro inevitabili implicazioni sul futuro del marito, con la brusca sospensione del farmaco a base di corticosteroidi che lei stessa gli somministrava da tempo». Ecco, questo 'un mi torna. Ma se ha scoperto che 'r marito era un truffatore che ni faceva le corna ierilartro, come mai ni dava 'r cortisone da un mesetto?

Massimo, mentre si preparava il proprio caffè con la stessa cura riservata al cappuccino di Alice, sorrise. Quello era stato il momento in cui si era sentito veramente ganzo. Come Sherlock Holmes, Poirot e Topolino messi insieme.

– È lì che la signora Terje ha tentato di fregarci. Quando mi ha raccontato di aver scoperto le magagne del marito da un paio di giorni –. Pausa sorsetto. – Invece, che il marito le facesse le corna, lo aveva scoperto ben da prima. E che fosse un truffatore, uno che spiava le persone facendo finta di essere un paragnosta, secondo me lo sapeva da sempre. Questo, prima o poi, lo appureremo.

Sorso definitivo, causante alla commissaria un bel paio di baffi di schiuma che Alice, invece di detergersi con un tovagliolino, si lappò via con un gesto da labrador soddisfatto.

– Lei aveva bisogno di farci credere di averlo scoperto da poco, sia dell'amante che dello spionaggio elettronico, e per questo si è inventata la panzana del parcheggio e della connessione del telefono all'automobile.

– Ah, ecco – disse Ampelio, annuendo soddisfatto. – Mi sembrava una 'osa parecchio impossibile.

– E ti sembrava male – ribatté Massimo, dando la via alla macchina espresso. – In pratica, è una cosa che succede. A volte, quando vado a cena fuori con i miei amici e siamo tutti incolonnati per non perderci, il Bluetooth della mia macchina aggancia il cellulare di quello che ci precede. Però, questa volta, la cosa non era verosimile. L'unica casa nei dintorni del giornalaio, dove la signora ha detto di aver agganciato il cellulare di Atlante, quella dove effettivamente abita l'amante di

Atlante, fa parte dello stesso edificio dove abita Cesare. È una casa dove entro spesso, e che conosco bene.

Massimo scoccò un'occhiataccia ad Ampelio, per prevenire le solite battute sul tema chi va con lo zoppo prima o poi lo piglia in culo, e proseguì:

– Ma, non avendo il cellulare, e non essendomi mai messo a trivellare i muri nell'intervallo delle partite di Champions, non mi ero mai reso conto che le pareti di quella casa fossero così spesse. Talmente spesse, e talmente ben costruito l'edificio, che lì dentro i cellulari è come se non ci fossero. Muri perimetrali in pietra, e rete elettrosaldata tra i solai. È come se fosse una gabbia di Faraday. Non c'è il minimo segnale, né in entrata né in uscita.

Massimo, dopo un primo sorsino esplorativo, buttò giù il caffè in un'unica botta.

– A quel punto, la cosa era abbastanza ovvia. La signora aveva detto una panzana. E lì mi si è ricollegato tutto, e mi è venuta in mente questa possibilità.

– Sì – fece notare Aldo. – Il che significa che nemmeno te eri ancora convinto che si trattasse semplicemente di un suicidio.

Massimo guardò Alice, come a chiederle un permesso.

– Come non lo ero io – confermò la commissaria, dopo aver passato un dito all'interno della tazza per raccogliere la schiuma restante. – Vedete, quando mi sono arrabbiata, l'altro giorno, era per via di un SMS di troppo, ma non era il vostro. Era quello ricevuto dal Benedetti dal numero di Atlante. Quel messaggio il Benedetti l'ha ricevuto per davvero.

Alice, dopo aver poggiato il cucchiaino accanto alla tazza, accartocciò le bustine dello zucchero e le buttò con gesto da cestista nella pattumierina personale di Massimo, al di là del bancone.

– Questo è stato il tocco di classe della signora Terje – continuò, dopo essere scesa dallo sgabello. – Mandare con il numero del marito un messaggio a una persona che avrebbe avuto tutto l'interesse a ucciderlo davvero, il marito, in modo da farlo vedere mentre entra, o esce, in un orario compatibile con la morte, o meglio ancora fargli lasciare tracce come le impronte digitali sulla scena del crimine. In questo modo, poteva sembrare un omicidio mascherato da suicidio, *oppure* un suicidio scoperto per caso. E la gente si sarebbe schierata o dall'una o dall'altra delle due ipotesi, senza considerare la possibilità che ce ne fosse una ulteriore. Come avrebbe detto Aristotele, tertium non datur.

– Aristotele l'avrebbe detto in greco.

– Può essere. Però Aristotele un casino come questo non lo risolveva nemmeno nei libri della Doody. Il punto cruciale, comunque, è che in un modo o nell'altro le cose tornavano. Tornavano per uno che legge il giornale, non per uno che indaga.

– In che senso?

La commissaria guardò Ampelio con occhi sinceri.

– Il nostro cervello, Ampelio, non è fatto per indagare il mondo in maniera scientifica. Il nostro cervello è fatto per integrare, per costruire una rappresentazione della realtà che sia coerente a tutti i costi, in cui tutto torni come ci aspettiamo, ed eliminiamo in modo naturale quello che non si conforma al quadro che ci aspettiamo.

Alice si indicò l'occhio sinistro con la punta del cucchiaino, tenendolo dalla punta, come se fosse un piccolo fioretto.

– Tutti noi, per esempio, dentro la retina abbiamo una zona cieca. Un punto in cui non vediamo. Ma è impossibile rendersene conto, a meno di non fare uno specifico esperimento. La scena che vediamo con i nostri occhi è continua, priva di difetti, perché è il nostro cervello che la ricostruisce così, liscia liscia. E il nostro cervello la costruisce così perché nella vita di tutti i giorni la cosa è molto più utile, e permette decisioni più immediate che non avendo un palloccolo nero in mezzo al campo visivo.

Alice posò il cucchiaino sul piatto, accanto alla tazzina.

– Noi che di lavoro investighiamo lo sappiamo, e per questo tendiamo a non fidarci. Prima, quando Massimo vi ha fatto il giochino, il numero giusto da provare non era dieci. In caso di conferma, non avrebbe aggiunto nulla a quanto già da voi ipotizzato. Il numero giusto da provare era un qualsiasi altro, in modo da tentare di cogliere in fallo la vostra teoria. Se Massimo avesse detto «no», la sicurezza nella vostra ipotesi sarebbe aumentata, visto che avreste escluso una ipotesi più ampia: ma se vi diceva «sì»... – Alice sorrise – ... era chiaro che l'ipotesi andava buttata nel cesso. Sarebbe stata la cosa più logica da fare. Eppure, nessuno di voi l'ha fatta.

Alice si alzò dallo sgabello, dato che qualcosa nella sua borsa aveva visibilmente cominciato a vibrare sul fondo, mettendo in risonanza anche il bancone e la tazza col piattino, e cominciò a frugare. Mentre Marchino, ormai consapevole che qualsiasi rumore ingiustificato aveva il potere di irritare il suo prinicipale, toglieva la tazza dal bancone prima che decollasse, la commissaria terminò:

– Siete partiti convinti di aver ragione, e nella convinzione che quello che sapevate bastasse. Niente di male, avete agito come esseri umani. È la nostra evoluzione che ci ha fatti così. Ma uno che di lavoro fa il ricercatore, che sia di particelle o di colpevoli non importa, lo sa, che siamo costruiti così, e fa di tutto per non cascarci. Un attimo –. La commissaria, dopo aver dato un'occhiata al telefonino che si era messo a vibrare di entusiasmo, mostrò il display che indicava lampeggiando «Questore Tommasi». – Scusate, a questa è meglio che risponda. Chissà com'è, ho l'impressione che siano complimenti.

E, mentre si portava l'apparecchio al padiglione, si tolse l'orecchino e si incamminò fuori dalla porta a vetri.

Ci furono sguardi reciproci senza zone cieche, ma dai cristallini parecchio induriti. Poi Gino, conscio di dover dire per forza qualcosa, ma avendo finito l'articolo, disse:

– Questa der messaggio 'un l'ho capita.

– Non è così difficile – rispose Massimo, bastardo. – Terje non ha fatto altro che aspettare che il marito si sparasse. Poi, da dove si trovava, ha mandato l'SMS al

Benedetti con uno di questi servizi Internet che ti permettono di mandare messaggini con il tuo numero tramite computer. Quindi, mentre il Benedetti andava allo studio di Atlante per lasciare una bella compilation delle proprie impronte, ha preso il primo treno dalle Cinque Terre per Pisa ed è tornata a casa, bella tranquilla.

– Sì, ma com'ha fatto a capi' che...

– Che Atlante s'era sparato? – Pilade guardò il Rimediotti come se si rendesse conto solo in quel momento del fatto che aveva un amico scemo. – Avrà fatto anche lei cor telefano, come lui, no?

– Precisamente – confermò Massimo. – Anche la cara vecchia Terje Luts aveva sul telefonino una app che permette di trasformare il telefono in spia. Quando l'avesse installata non lo so... – Massimo allargò le braccia – ma andando a guardare bene, ho il sospetto che troveranno che è stata utilizzata per trasformare in microfono il cellulare di Atlante il Luminoso, proprio nell'intervallo di tempo in cui gli era appena crollato addosso il mondo. Giusto?

– Sicuramente – rispose Aldo. – Massimo, non per farmi gli affari tuoi, ma credo che ti stiano chiamando.

Massimo voltò la testa verso l'esterno. Al di là della porta a vetri, con il cellulare attaccato all'orecchio, Alice si indicò il polso, per poi far vedere la mano aperta con cinque dita, poi con tre e infine tranciando l'aria con il taglio della stessa, per terminare con l'inequivocabile segno di chi arrotola gli spaghetti attorno alla forchetta, e chiedendo a Massimo conferma con il pollice e l'indice uniti in un cerchio. Massimo, da dentro il bar, rispose con lo stesso gesto, quindi incominciò a sciogliersi il grembiule da dietro fingendo indifferenza.

– Allora, io vado a casa a farmi una doccetta e a sistemarmi un attimo, che sembro l'uomo del Similaun –. Massimo, uscendo da dietro al bancone, posò le chiavi sulla piccola roulette attorno alla cassa. – Marchino, Tiziana, il bar è vostro fino a domattina. Fra un paio d'ore, cominciate a mettere fuori per l'aperitivo. Per il resto, non c'è troppo da fare. Domande?

– Sì, una – disse Tiziana, sorridendo. – Dove andate a cena?

Eccoci. Non c'è niente da fare, vivo in una vetrina.

– Mah, ancora non avrei deciso –. Massimo si guardò intorno. – Come non ho deciso ancora su tante altre cose. Lo dico tanto per farvelo presente.

I quattro si guardarono, con un sorriso breve. Breve, ma sincero. Poi, non senza una certa difficoltà, Aldo si alzò in piedi e cominciò a passeggiare avanti e indietro, come sempre quando era convinto di avere da dire qualcosa che andasse compreso, e non solo ascoltato.

– Allora, Massimo, permettimi un consiglio da chi se ne intende.

– Di donne o di ristoranti?

– Di tutt'e due. Scegli te da dove devo partire.

Massimo sorrise in modo leggermente forzato.

– Meglio dal ristorante.

– Allora telefona all'Imbuto, a Lucca. È un ragazzo giovane, ma è parecchio bravo. Poi sei anche vicino alle mura, e dopo cena vi fate una bella passeggiata. La passeggiata sulle mura di Lucca è l'ideale, per il dopo cena.

– Era questo, il consiglio sulle donne?

Aldo si fermò, e guardò Massimo negli occhi.

– Ascolta, Massimo: ce l'hai dimostrato prima, noi ci immaginiamo il futuro a partire dal passato. E talvolta si sbaglia di grosso. Noi, prima, ci siamo immaginati una regola, e abbiamo sbagliato. Non fare anche te lo stesso errore nostro, eh?

Di fronte a certe domande, non è il caso di rispondere a parole.

Massimo, con un sorriso già più disteso, afferrò la maniglia e uscì dal bar.

I vecchietti restarono per un attimo a guardarlo, mentre si allontanava, con la schiena forse lievemente più dritta di quanto non sembrasse prima. Poi, a Tiziana e Marchino che erano rimasti anche loro lievemente imbambolati, Aldo si rivolse con severità formale:

– E anche voi due, bimbi belli, badate di non ripetervi e di non farmi arrabbiare, eh? Tanto l'ho già visto come va a finire, qui.

Tiziana, forse arrossendo lievemente, incominciò a tirare fuori le bottiglie di prosecco dal frigo. Marchino, spavaldo, ricominciò a chiacchierare.

– Allora, se l'hai già visto, dimmi un po' se almeno a cinquant'anni mi ci fate arrivare. Perché qui, ridendo e scherzando, se uno vi gira intorno prima o poi gli fate il funerale.

– Tranquillo bimbo – rispose Ampelio, guardando il nipote che si allontanava. – Se piove di quèr che tòna, magari fra un po' s'incomincia co' battesimi.

Vecchiano, 22 luglio 2014

Per finire

Come al solito, non sarei mai stato in grado di scrivere questo libro tutto da solo. Come sempre, quindi, mi corre l'obbligo di ringraziare tutte le persone che mi hanno aiutato, e che costituiscono quell'iceberg di conoscenze di cui, alla fin fine, sono solo la punta che si vede.

Grazie a Marco Saettoni per avermi spiegato da un punto di vista medico e psichiatrico le ragioni e le motivazioni che possono indurre una persona a togliersi la vita; senza di lui, questo romanzo non sarebbe nemmeno cominciato.

Grazie a Francesco Carlesi per avermi aiutato a districarmi nella complessa legislatura riguardante il reato di diffamazione, e per la disumana pazienza con cui ha sopportato le mie continue incursioni nel proprio studio mentre magari tentava di lavorare.

Grazie a Massimo Totaro e Mimmo Tripoli, ingegneri non privi di cultura e curiosità, per avermi evitato di commettere un errore imbarazzante. Per concretizzare maggiormente la mia gratitudine, in questo libro ho evitato accuratamente di prendere per il culo gli ingegneri. Le persone intelligenti non si preoccupino: dal prossimo ricomincio.

Approfitto di questo spazio, dopo aver ringraziato i miei consulenti tecnici, per sottolineare che alcune delle cose che si leggono in questo romanzo, particolarmente nel campo dello spionaggio digitale, possono apparire incredibili. Ciò nonostante, quello che dico è reale e verificabile, e credo che un giretto sul web possa bastare a convincere anche i più scettici.

Grazie infine a tutte le persone che si leggono il Malvaldi in corso d'opera, fra ripetizioni, brutture e concetti traballanti, aiutandomi a rimetterli in sesto. La formazione è collaudata: Virgilio, Serena, Mimmo, Letizia, Piergiorgio, Liana (meglio nota come «la sòcera»), mia madre, mio padre, e tutti i concittadini virtuali di Olmo Marmorito, ai quali dico solo: e adesso, l'Europa. Chi deve capire, capisce.

Infine, grazie a Samantha, sia per avermi aiutato a dipanare la storia (che stavolta non è tutta sua, diciamo metà e metà) che per aver sopportato due settimane di vacanza con il marito che si era portato dietro il computer. E soprattutto per aver letto, riletto, corretto, commentato e filtrato con la sua usuale, e paurosa, consapevolezza e competenza. Per colpa sua, ormai, Marco Malvaldi sta diventando quasi uno pseudonimo.

Indice

Il telefono senza fili

Questo volume è stato stampato
su carta Palatina
delle Cartiere di Fabriano
nel mese di ottobre 2014
presso la Leva Printing srl - Sesto S. Giovanni (MI)
e confezionato
presso IGF s.p.a. - Aldeno (TN)

La memoria